ユートピア

乌托邦

[日] 凑佳苗——著

王蕴洁——译

北京联合出版公司
Beijing United Publishing Co.,Ltd.

图书在版编目（CIP）数据

乌托邦 /（日）湊佳苗著；王蕴洁译．—北京：北京联合出版公司，2018. 10（2019. 5重印）

ISBN 978-7-5596-2350-8

Ⅰ．①乌… Ⅱ．①湊… ②王… Ⅲ．①推理小说—日本—现代 Ⅳ．①I313. 45

中国版本图书馆 CIP 数据核字（2018）第 157632 号

著作权合同登记号 图字：01-2018-4486 号

乌托邦

作　　者：〔日〕湊佳苗
译　　者：王蕴洁
责任编辑：李　伟

北京联合出版公司出版
（北京市西城区德外大街 83 号楼 9 层　100088）
天津旭丰源印刷有限公司印刷　新华书店经销
字数：184 千字　880 毫米 ×1230 毫米　1/32　印张：7. 75
2018 年 10 月第 1 版　2019 年 5月第 2 次印刷
ISBN 978-7-5596-2350-8
定价：39. 80 元

目 录

CONTENTS

| 人物介绍 |

// 堂场菜菜子

在鼻崎町出生、长大，和高中同学结婚，目前是鼻崎乌托邦商店街上佛具店的老板娘，张罗佛具店的生意。丈夫在食品加工厂八海水产工作。

// 相场光稀

因为在八海水产工作的丈夫工作调动，五年前来到鼻崎町生活。和同住在公司宿舍的其他太太在商店街开了一家“小天使”，专卖流行杂货和二手童装。

// 星川澄玲

陶艺家。美术大学时代的男友宫原健吾深受鼻崎町的美景吸引，在这里建了一栋房子。星川澄玲受宫原健吾之邀，两年前移居鼻崎町，住在有多位艺术家聚集的“岬城”。

// 堂场久美香

菜菜子的女儿。小学一年级学生。读幼儿园时，在上学途中发生车祸，双腿不良于行，目前仍然过着轮椅生活。

// 相场彩也子

光稀的女儿。小学四年级学生。秀丽的外貌宛如童星。是久美香的好朋友。

第一章 花咲町

《FLOWER》八月号（英新社）

《SICA 憧憬的人》第六回

为轮椅族创造一个舒适的城镇。

当初是基于这样的理念而创立了“克拉拉的翅膀”这个品牌，以天使的翅膀为主题的素烧吊饰，在推出之后就受到轮椅族及其家人，以及从事社会福利工作人士的喜爱。由于吊饰很有设计感，之后以二三十岁的年轻女性族群为主，口耳相传，成为市面上的人气商品，目前从订购到收到商品，需要等待长达一个月的时间。

让所有人都拥有一对飞向社会的巨大翅膀。

“克拉拉的翅膀”至今仍然以此为理念，推动各项活动，今天我们有幸请到了“克拉拉的翅膀”的创设成员堂场菜菜子女士、星川澄玲女士和相场光稀女士来和我们分享相关的经验。

SICA：首先想请教一下，三位是怎么认识的？

*

鼻崎町是太平洋沿岸的一个海港城镇，人口约七千人。日本屈指可数的食品加工公司八海水产，俗称八水，在战后丰富了国民的餐桌。八水在鼻崎町有一家国内最大的工厂，所以鼻崎町并没有和附近较大的县市合并，继续成为一个独立的城镇。

这是堂场菜菜子在小学的社会课上学到的知识。

鼻崎乌托邦商店街以成为城镇入口的国铁鼻崎町车站前为起点，连接了通往鼻崎岬的沿海县道，全盛时期，每天有一万多人造访。

这是在商店街经营佛具店多年的堂场重雄，也就是菜菜子的公公经常挂在嘴上的话。菜菜子也在鼻崎町出生、长大，只是娘家离商店街有一段距离，回顾从小到大的人生，从来不记得这个城镇有过如此繁荣的景象。就算是自己出生之前发生的事，她也难以想象每天有超过城镇人口的游客造访。这里并不是什么观光名胜，游客怎么可能来这种地方?

她总是面带笑容，对公公的话左耳进、右耳出，但是，三个月前，听到同样的话出自商店街会长的口中时，她忍不住“啊”了一声后，内心产生了罪恶感。原来并不是因为公公老糊涂，随便多加了一两个零。

“三波春夫也曾经来过商店街一年一度举行的购物节……”口齿不清的公公话还没有说完，菜菜子就为他盖好被子说：“那真是太好了。”这也成为她和公公生前的最后一次接触。岁月匆匆，三年的时间过去了，当初把公公的话当作耳边风，以为八成只是和三波春夫的名字很像的搞笑艺人曾经来过这里，现在回想起来，搞不好确有其事。

八年前结婚时，公公还没有整天躺在床上，但认知能力已经大幅衰退。虽然知道这一点，但还是对他不把自己当媳妇，只是当成店员的态度感到生气，觉得既然这样，自己也就用这种态度对待他，所以不愿多听他说一句废话……现在回想起来，也许当初应该认真听一下像闪亮的结晶般留在公公脑袋里的那些陈年往事。公公从来不曾对她口出恶言，很有从战前就在这里经营老铺佛具店的老板风范，即使已经卧床不起，只是为他倒杯茶，他也会用诚恳的语气道谢……

菜菜子在参加例会时，心不在焉地看着蓝底白点的茶杯想着这些事，根本没认真听大家在讨论的议题。当区域会长的南北货老板叫到她的名字时，她搞不清楚状况地应了一声，结果就接下一个莫名其妙的差事。

“第一届花咲购物节 at 乌托邦商店街”

菜菜子打开印刷厂刚送来的包裹，拆开包裹外的牛皮纸，小心翼翼地拿起一张满是色彩缤纷的鲜花、仍然散发着油墨香气的海报，以免不小心被富有光泽的纸张角落割破手指。她负责分发和张贴这些海报。

因为她担任这次睽违十五年举办的购物节的干事，这也是进入二十一世纪后，商店街第一次举办购物节。

商店街从一丁目到五丁目分为五个区域，一丁目是经营多年的老店密集区。那天是一丁目的定期例会，所以她以为大家都知道，她根本无暇接下这种费心耗时的差事。

虽然她前一刻漫不经心地应了一声，但当从刷毛夹克的口袋里拿出手帕，擦着额头上的汗水时，她下定了决心，然后站了起来。

——呃，那个，相信各位都了解我家的情况，如果接下这种大任，可能反而会给大家添麻烦……

菜菜子的独生女久美香刚满七岁，去年在和其他小朋友一起去幼儿园上学的路上，发生车祸，幸好救回了一命，但车祸至今一年，仍然无法自行站立，必须靠轮椅生活。

——今天是每月一次的定期例会，我老公会提早下班回来照顾女儿，但如果例会的次数增加，他恐怕就无法每次都回来帮忙照顾孩子。

菜菜子的丈夫堂场修一在八海水产工作，担任冷冻食品第四组的组长，所以不方便早退。而且同一个职场的同事都很帮忙，已经尽可能让他在学校有活动时安排休假了。

——你可以带久美香一起来啊。

担任鼻崎和果子店会计工作的老板娘说。

——我家孩子还小的时候，我都是带着他们一起做购物节的准备。带着孩子一起把抽奖奖品和果子装进袋子，或是让小孩子写摊位的牌子，小孩子通常比大人更投入。久美香应该也会很开心，哎哟，之前“小心火烛”的时候，她不是也很认真吗？

那是年底的夜间巡逻轮值。鼻崎乌托邦商店街每年十二月一日至十日期间，每天晚上九点，会轮流派人一边敲着梆子，一边喊着“小心火烛”，从商店街的这一头走到另一头巡逻。每年的这个活动由商店街的各个区域轮流负责，一丁目规定每天由一家店派人巡逻，虽然每隔五年才轮到一次，但去年年底，在月历上记录巡逻的日子时，菜菜子的心情就忍不住忧郁起来。

年底是八水一年之中最忙碌的季节，修一经常要加班。菜菜子想象着独自穿上衣襟上写着“小心火烛”、已经褪了色的深蓝色短褂，垂头丧气地走在铁门都已经拉下的漆黑商店街，胃就开始痛了。

我才不要一辈子住在这种乡下地方。大约是中学二年级父亲再婚时，她就有了这种想法。只不过虽然读短期大学时一度离家，但没想到竟然又回来这里，而且嫁到这种仍然保留了许多老规矩的商店街。全都是因为在成人式上巧遇高中时从来没有说过话的老同学，老同学说的“回来就好了啊”这句天真无邪的话和他脸上天真无邪的笑容影响了自己。

那并不是只对自己说的话。

每次想到这件事，菜菜子就会拿起钩针，专心致志地编织花朵。当初是婆婆道子教她编织，说是把空虚和怒气变成花朵，心情就会稍微好一点儿，但婆婆五年前戴着充满怨念的披巾，抛下卧病在床的丈夫离家出走了。有朝一日，我也要离家出走。虽然菜菜子无数次这么幻想，但她知道这种幻想不可能成真。

如果我走了，久美香该怎么办?

但久美香的存在绝对不是她的脚镣。

——久美香也想去那个“小心火烛”。

吃早餐时，久美香看到餐桌上放着夜间巡逻用品的盒子，敲着梆子说道。

——晚上又冷又黑，你一定会很害怕，想要赶快回家。

菜菜子想象着母女俩走在漆黑商店街的景象，想象着比起敲梆子的声音，轮椅的声音更空虚地在寒冷夜空中回响的凄楚景象。

——不会，一定会很好玩，然后我要告诉惠理老师，大家一定都觉得我很厉害。

菜菜子端详着女儿的脸想道，原来在小孩子的耳中，梆子的声音可以向其他人炫耀。女儿双眼发亮。她正准备答应，刚起床的修一抓着头走了出来。

——那爸爸今天也早点儿回来。五年才一次的愉快轮值，我可不想被你们排挤。

修一前一天晚上加班到很晚才回家，吃晚餐时，巡逻用品就已经放在桌子上。虽然他昨晚就看到了，却一副视而不见的态度。

——真的吗？但是，咔嗒咔嗒要给久美香敲噢。

父女俩隔着桌子，满脸笑容地钩着手指。修一以前经常因为加班而放她们母女鸽子，自从久美香出车祸之后，就没有再食言过。

一家三口走在商店街的身影和菜菜子原本想象的感觉完全不同，短褂刚好是修一的尺寸，穿在他身上完全不觉得寒酸。久美香叫着“小心火烛”的声音听起来精神饱满，几乎穿越了有许多破洞的商店街拱形天花板，直达星空。这是车祸发生之后，菜菜子第一次听到久美香这么响亮的声音。

他们还发现靠近海岸边、感觉有点儿冷清的五丁目新开了咖啡店和杂货铺。

——我想起来了，工厂里的几个计时工说来这里吃了焗烤咖喱饭，店里还有现在很流行的松饼。

修一说道。

那个周末，一家三口立刻造访了这家“花咖啡”。

拜商店街的老规矩所赐，才能够拥有这些时光。

——我还是觉得自己无法胜任购物节活动的干事一职，还是请之前参与过购物节活动、有经验的人来担任比较理想。

她再度擦着汗。虽然淡粉红色的手帕上沾了厚厚的粉底，但现在不是在意这些事的时候。轮不到自己这种年轻人出面担任什么干事，目前大部分聚集在活动中心的人从三波春夫来这里参加购物节的时候，就已经住在这条商店街上，应该很熟悉购物节的准备工作。

——因为这次的购物节和我们想象中的不太一样啊。

和果子店的老板娘皱着眉头说。

她告诉菜菜子，这次的购物节活动是在五丁目开了新店的人提议之下决定举办的，并不是恢复传统的商店街购物节活动，而是要吸引年轻人来“鼻崎乌托邦商店街”。

——所以，我觉得一丁目也要派年轻人出马，我们这些老人搞不懂什么是艺术，那就拜托你了。

被人双手合十、鞠躬拜托，菜菜子也就无法拒绝了。

——早知道你会抽到下下签，我去参加例会就好了。

菜菜子向修一报告时，他露出一副好像是他接下了重大任务的表情，叹着气说。那天晚上，菜菜子拼命编织花朵。即使修一去了，结果也一样。无论是谁接下了这个任务，干事的工作都必须由菜菜子去做，就像她必须独自张罗佛具店的大小事一样。她编织、编织，拼命编织花朵。虽然不知道自己编织的是玫瑰还是牡丹，但花朵的种类并不重要，菜菜子只会编织这种图案。之前买过一本编织主题的书，却完全看不懂织图的符号，最后塞进了书架。只是她觉得如果把这些编织好的花朵都连接起来，自己就能围上这条编织的披巾离开这个城镇，所以她把编织好的花朵都丢进纸袋，塞在壁橱里。

定期例会的隔周，菜菜子照顾久美香上床睡觉后，前往集合地点——五丁目的“花咖啡”。其他成员已经聚集在店中央那张由一整块木板制成的大桌周围，包括菜菜子在内，有三男三女，总计六个人。虽然是商店街的聚会，但她不认识任何人，而且……

有一半以上不是鼻崎町的人。

菜菜子仔细观察每一个人后不久，就直觉地意识到这件事不太好做。在场的并不都是俊男美女，每个人的服装虽然有各自的个性，但并没有奇装异服。相反，手拿资料夹、扮演主导角色的女人一身自然朴实的打扮，和乡下海港城镇的感觉相得益彰，却反而更显得格格不入。

那是都市人向往的乡间生活装扮。

——大家都到齐了，那就开始开会吧。

果然不出所料，这位把一头长发盘在头顶，穿着黄绿色宽松法兰绒上衣的女人开口说话时，完全没有这个海港城镇独特的口音。她自我介绍说，她叫星川澄玲。

——今天只是大家相互认识，可以轻松闲聊一下。

她的话音刚落，吧台内便传来嗞嗞的声音，奶油的香气扑鼻而来。写在像切菜板大小的木板上的菜单递到菜菜子的手上，请她点喜爱的饮料。菜菜子原本想点卡布奇诺，但最后点了热咖啡。因为她觉得把菜单上圆滚滚的“卡布奇诺”四个字念出来有点儿难为情。

菜菜子旁边的女人点了卡布奇诺。她穿了一件宽松的毛衣和牛仔裤，菜菜子觉得她也不是本地人，但是她和澄玲的感觉又不太一样。她把毛衣的袖子随兴地挽到手肘附近，戴在手腕上设计简单的 K 金手链闪着亮光。

她是都市人。不，她是向往都市，或是仍然留恋以前在都市那段时光的乡下人。这个人搞不好是在鼻崎町出生、长大的。

——你是久美香的妈妈，对吗？

菜菜子正在打量她手上闪亮的手链，她突然开了口。

——是啊……

菜菜子在回答的同时，仔细打量着她的脸，但以前从来没见过她。

——我女儿和久美香读同一所小学，是四年级的相场彩也子。

相场彩也子。这不是第一次听到这个名字。啊！她想起来了。

——她之前捡到我女儿的票夹！

久美香就读的町立鼻崎第一小学禁止学生带手机，要打电话时，必须使用教师办公室前的公用电话，所以菜菜子让久美香随身带电话卡。修一每天上班时顺便送久美香上学，放学时，菜菜子会开车去接她。菜菜子都配合她放学时间去学校接她，久美香很少打电话回家，但那天因为流行性感冒蔓延，学校提早放学，久美香打电话回家。打完电话后，久美香把票夹忘在电话旁，第二天，学姐把捡到的票夹还给了她。

——哎哟，彩也子做了什么吗?

彩也子的母亲似乎不知道这件事。菜菜子简单地说明后，微微站起身鞠了一躬说，上次真是太谢谢了。

——这点儿小事，根本不值得谢啦，但有认识的人真是太好了。因为我不太了解商店街的事。

——我也一样，第一次接下这种大任……

包括小学的班级干部在内，她向来没有担任过什么重要的角色。这时，松饼和饮料送了上来，打断了她们的谈话。澄玲确认送到每个人手上后，提议按顺时针的方向自我介绍。

澄玲是这次购物节活动的提议人，也是整个商店街的总代表。五丁目的代表是宫原健吾，他是“花咖啡”和隔壁那家杂货铺“花工房”的老板，也是澄玲的伙伴。因为他们的姓氏不同，所以应该不是夫妻，只是菜菜子并不知道他们是工作上的伙伴，还是私生活上的伙伴，也不想问清楚，但能充分感受到健吾和澄玲身上散发出相同的感觉。

一丁目的代表是堂场佛具店的菜菜子。二丁目的代表是和服店“大和屋”一位姓大原的男士，他只说了自己的姓氏。他比其他成员大了超过两轮，所以尴尬地抓着头说，早知道应该请年轻人来当代表。三丁目的代表是“玫瑰发廊”的舟桥彻。听到“玫瑰发廊”的名字，菜菜子紧张地抬头看向舟桥，但舟桥完全没有看菜菜子一眼。四丁目的代表是杂货和二手童装店“小天使”的相场光稀。以上成员是这次购物节的干事。

这些成员每个星期开一次会，如今距离购物节只剩下一个星期。菜菜子的工作不像原先担心的那么辛苦，第一天开会时，购物节的概要就大致决定了，只要按照澄玲发的工作表执行就好。把海报卷起、用橡皮圈固定，装进纸袋后，发给一丁目的各家店。

“哎哟，真时髦啊。”

鼻崎和果子店的老板娘打开海报后说道，但菜菜子觉得这句话听起来不像称赞。

“请问老板娘决定购物节要提供的优惠了吗？”

菜菜子负责问每一家店提供的优惠项目，汇总之后交给澄玲。

“我打算把一百五十日元的樱饼卖一百日元。”

“卖这么便宜没问题吗？”

“毕竟是十五年来第一次举办购物节嘛。”

庆幸这些老店家都二话不说地接受了菜菜子向他们询问的内容。

发完海报后，她走到位于商店街入口的一丁目公告栏。这里是车站前的入口，所以海报要贴在显眼的地方，但一张榻榻米大小的公告栏上已经贴满了各种海报。因为没有过期的海报，所以不能擅自撕掉。

她打量着公告栏，思考着哪张海报被遮住一个星期也没有关系，这时突然和一个满脸凶相的男人四目相接。

“你是芝田吗？”

那是通缉令的海报。五年前，邻市的一个家境富裕的老人遭到杀害，嫌犯是八海水产的员工。案发当时，全国各地的新闻大肆报道这起命案，町内的人和八水相关的人也整天讨论，但过了半年、一年，都没有抓到嫌犯，新闻也没有再播报后续消息。

反正遭到杀害的老人并不是鼻崎町的人，如果警方有意见，到时候再撕掉就好了。菜菜子用图钉把色彩鲜艳的海报贴在通缉令上，就像是为了掩盖这起命案。虽然她并不觉得自己做了什么坏事，还是一路跑回了店里。

在购物节之前还要准备集点卡的奖品。在各区域的商店购买商品时，请店家在专用的集点卡上盖章，把集点卡拿去总部，就可以参加抽奖活动。由各位干事的店家分别提供一等奖到五等奖的奖品，其中堂场佛具店负责准备五等奖的奖品。

必须用澄玲准备的和纸把薰衣草香味的线香包起来。

把十根紫色的线香放在淡粉红色的长方形和纸上，然后用和决斗书相同的折法，先将左右两侧折起，然后再折上下两侧。翻过来时，要让预先盖了印章的文字刚好位于正中央。

“花咲，香味。”

乍看之下，像是以前的电报文，有点儿文艺气息，但看不懂是什么意思。花咲和鼻崎的发音相同，应该是取自鼻崎的谐音，表达花开的意思。香味是线香的卖点，但花开香味到底是怎么回事？这是正确的日文吗？更重要的是，虽然是末奖，但是有人拿到线香这种奖品会高兴吗？菜菜子曾经向澄玲提议，既然奖品的费用由购物节的预算中支出，是不是请和果子店提供奖品更理想，但她马上否定了菜菜子的提议，说各个区域必须以相同的条件提供奖品，以免之后其他店铺认为不公平。问题是佛具店能够提供什么奖品？

菜菜子为这件事伤透了脑筋，澄玲亲自来到店里，问她有没有和花卉有关联的商品，然后拿起了线香的盒子。

“这太厉害了，光是国产的线香就已经很有价值了，而且生产地竟然就在鼻崎町，这是怎么回事？”

鼻崎町在靠八海水产繁荣之前，是线香的知名产地。菜菜子把小学时学的知识告诉了澄玲，并告诉她，鼻崎町的海岬那一带以前是一片除虫菊田，那是制造蚊香的原料。

“我就是在找这种故事。”

澄玲说着，拍了拍手，决定把线香作为奖品，两天之后，就把和纸送了过来。菜菜子必须做五百个奖品。会有这么多人来吗？虽然她内心涌起了新的不安，但做了五十个左右后，就觉得这个问题不重要。和编织花一样，手工作业可以让脑袋放空。

最重要的是，久美香很期待购物节，好几次都说，妈妈是干事啊。每次想起久美香欢快的声音，就觉得写了“花咲，香味”的包装也渐渐变得可爱，也稍微有点儿期待购物节了。

*

“碧海中闪着白光的海浪，是大海眷恋天空的手掌，请把我带到你的身旁。也许是因为这样，掀向半空的海浪前端，才会宛若一对翅膀。”

星川澄玲把闪着藏青色光芒的钢笔放在翅膀形状的笔盘上，看着刚写完的文章，然后念了出来。写得很不错啊。她抬起头，隔着眼前宽敞的窗户，看到了自己笔下的景色。

真是做梦都没想到，可以住在自己理想中的地方。澄玲站了起来，双手用力推开了对开的窗户，贝壳风铃发出丁零丁零的声音，澄玲觉得耳朵有点儿痒。她用力深呼吸，觉得肉眼看不到的潮水粒子钻进了身体，净化了整个身体。

写完了手工商品卡，等一下只要去“花工房”就好。不知道一切是否准备就绪。购物节终于将在明天拉开序幕，要借由我们的艺术，让那些没有发现自己住在什么地方的居民充分了解这里的美好。

鼻崎町是美好的城镇、人生的乐园……这样的形容就变成抄袭了。桃花源、宫泽贤治心目中的理想乡伊哈托布、日本古语中用来形容人间仙境的“真秀场”、南美洲传说中的理想地黄金国，这些字眼似乎都不够确切。果然还是乌托邦最适合吗？这代表曾经有本地居民注意到这件事，但是，挂在商店街靠车站那一侧入口的破旧广告牌实在让人无法接受，“托”字的弯钩部分严重磨损，变成了“乌扦邦”。购物节结束之后，再来提议更换广告牌的事。我们这些艺术家要一步一步把这个城镇打造成更美好的理想国。

澄玲决定走去商店街。

澄玲所住的“岬城”位于从海岸线走向鼻崎岬中途的高地上，沿着伸向海面的山地斜坡整地而成的这片土地地理位置绝佳，任何一个地方都可以眺望大海。目前建了五栋房子，房子之间都保持了一定的距离。周围真的什么都没有，而且必须上坡、下坡，家中有老人或必须骑脚踏车、徒步上学的孩子，住在这里很不方便。沿海的道路虽然是县道，却几乎没有路灯，但也正因为如此，星空才格外美丽。

最棒的是，可以欣赏渐渐沉落在海平面上的夕阳，可以用全身心感受一天的结束。只要住在这里，就不可能不知道又过了一天，不可能不知道眼前光线昏暗的六点到底是清晨还是傍晚，不可能不知道今天是几月几日星期几，也不可能在夏天结束后，才想起今年樱花的季节已过，绝对不会再有这种异常的感觉。

这个城镇的居民应该完全没有意识到这些事，所以才会对如此理想的环境不屑一顾，把房子建在更方便的地方。但也庆幸当地人这么想，住在“岬城”的人，都了解这一片土地的好处，这里的住户证明了只有具备敏锐感性的人，才能够体会这里的好。

因为这里的住户都是艺术家。

是东京美术大学时代的同学宫原健吾引导澄玲来到这个地方的。澄玲当时读陶艺系，健吾读油画系，虽然两人就读的科系不同，但三年级时，因为都担任学园祭的干事，两人开始交往。由于他们未来都希望以陶艺和绘画为生，所以只要一有时间，两个人就走访日本各地的美术馆和工房。澄玲回顾当年，认为虽然两个人都立志走艺术之路，但因为领域并不相同，才能一直交往到毕业。

澄玲想要创作美丽的作品，她认为不需要拘泥传统的方式，最好能够只撷取好的部分，让自己的想法具体成形，即使在素烧知名产地的技法基础上使用釉彩也完全没有问题。但是，同科系的同学中，有不少人认为这是歪门邪道。澄玲很不以为然，觉得既然这样，只要他们遵循传统创作自己的作品就好，但他们不断挑剔澄玲的作品。看到澄玲的作品在学园祭上卖得最好，就开始贬低来参加学园祭的附近居民，认为他们是不懂艺术的凡夫俗子，最后甚至开始数落所有日本人，好像只等着别人说，他们才是天之骄子。澄玲对他们这种毫无意义的讨论很不以为然。

健吾总是一脸从容的笑容，听她抱怨这些事。

——为什么会想要得到很多人的认同？为什么他们无法了解，在创作作品时，如果想要得到他人的肯定，结果往往非但无法满足大众，甚至自己也无法发自内心地感到满意呢？我只想创作自己认为出色的作品，虽然可能不会有太多人能够和我产生共鸣、认为我的作品出色，但不至于完全没有。这样的话，至少可以养活自己。

虽然措辞可能不完全相同，但健吾之前经常这么说。澄玲对于健吾谈话中的九成都能够认同，但最后的一成则是感伤，每次都这样。在他身为艺术家的人生中，并没有我的一席之地。

正因为他们都缺乏雄心壮志，所以在毕业之前，都没有任何成果，无法踏出迈向艺术之路的第一步，甚至无法进入艺术相关的企业、事务所或工房。虽然健吾并没有明确说自己丧失了信心，但他比周围的其他同学更早穿上了面试西装。

——我终于发现，不能把艺术拿来卖钱。

健吾当时这么对澄玲说。

澄玲心里很清楚，无论如何都不能说他只是在逃避这种话。一旦说了，他们的关系也就结束了。但是，语言并不是传达想法的唯一方法，相反，正因为她了解语言是最模糊的表达方式，才会试图用其他方式表现，而开始学习陶艺。健吾感受到澄玲眼睛深处的想法，训诫她说。

——你不觉得我们生活在美好的时代、美好的环境中吗？可以一整天都拿着画笔，捏一整天的土。我们非但没有认为这是一种幸福而心存感谢，反而经常觉得来不及交作业，或是埋怨拿不到学分，当成一种苦行。就好像我们口渴的时候，只要打开水龙头就能喝水。在吃饭的时候，也会随手拿起水杯喝水，却从来不觉得水很好喝。因为我们并不缺水，所以无法了解在沙漠中好不容易找到的一杯水有多么美味，但是，我想要了解。为此，我不能留在伸手就有自来水的地方。

澄玲大致能够了解他想要表达的意思，之后，健吾没有耗费太多力气，就获得了八海水产的内定。那家公司专门生产焗烤虾仁饭、奶油螃蟹可乐饼这些经常出现在澄玲家冰箱冷冻库内的商品。虽然无法了解身为艺术家这是不是正确的选择，但作为一个人，应该是很务实的生存方式。至少他的父母应该很庆幸他做出这样的决断。

继健吾之后，澄玲也开始找工作，希望成为一个正常人，最后被一家中等规模的化妆品公司录用，担任业务工作。和健吾之间只是聊天内容从艺术变成了工作，原本以为和以前的生活没有太大的差别，但在毕业后，健吾被派到澄玲连名字都没听过的海港小城的工厂，两个人之间也就很自然地渐行渐远了。

沿着坡道往下走，老旧的校舍渐渐出现在眼前。那里以前是町立鼻崎第三小学，两年前废校，一年前，出租了一间教室作为活动中心，之后成为住在“岬城”的艺术家专用的“花艺廊”工作室。校舍前停了一辆小货车。

是班杰明……阿班。澳大利亚籍的摄影师阿班和他的日籍女友美玲在旅行时，被鼻崎岬的美所吸引，决定在这个城镇定居，所以是“岬城”的首位居民。染色家美玲的老家在冲绳还是鹿儿岛一带的南方岛屿，和鼻崎町没有任何渊源。

虽然身为日本人，对于竟然是一个外国人最先发现这里的优点感到很悲哀，但不至于无法接受。日本人往往追求某些特别的东西或附加价值，但外国人则是从原来的样子、从零的状态中感受到价值。只是如此而已。

阿班正把大型照片装上小货车的车斗。在购物节时，除了“花咖啡”以外，平时作为商店街活动中心使用的地方也会作为艺廊开放，展示鼻崎町的风景照片。

“澄澄，要不要搭便车？”

正在一起搬照片的美玲用力挥着手，大声问道。用艾草染的围巾在她的脖子上随着海风飘动。

“不用了，我今天想散散步。”

澄玲也大声回答，向他们挥着手，继续往前走。四月的风还带着寒意。

健吾是这里的第二位居民。两年前的某个深夜，澄玲的手机突然响起，健吾没有说任何填补八年空白的话，劈头就说：“我建了一栋房子，你要不要一起来住？我也可以为你建一个窑。”澄玲觉得那是梦，就好像在遭到客户和同事不合理对待的日子里，不知道是不是心灵为了避免崩溃而自动发挥了控制功能，那些人都会出现在梦境中，发自内心地向自己道歉。同样，自己一直想要辞职，想要逃离，想要做陶艺工作的想法不断累积，所以才会做这种符合自己期待的梦。又如同明知道在做梦，但仍然会对在梦境中向自己道歉的人说“没关系，我才不好意思”一样，她也用欢快的声音对健吾说：“真的吗？太高兴了，我马上就去。”澄玲在无法清楚把握到底有几分真实的精神状态下，向公司提出离职申请，带着有关陶艺的一切，来到了鼻崎町。

光是这一点，这里对澄玲来说，就是让她灵魂解放的地方。她试着挖起后山的泥土时，发现这里的土质和自己一直在寻找的泥土非常相近，这里立刻升华为她命中注定的地方。

为什么这里有如此优质的泥土，却没有成为陶艺品的产地？她对此产生了疑问，但随即觉得这就是所谓的不识货，对于那些对陶艺品没有兴趣的人来说，泥土就只是泥土而已。于是，澄玲下定决心，要大力推广这里的陶瓷品。

鼻崎烧。等一下，等一下。这样的汉字组合太糟了。鼻子和嘴巴、眼睛一样，是脸部非常重要的五官之一，代表眼睛和嘴巴的“目”和“口”这两个字用于地名很正常，但“鼻”这个字用于地名，就有一种独特的俗气。说白了，就是不够美。无论澄玲费了多大的心力调制出美丽的色彩，不知情的人都应该会对以“鼻崎烧”这三个字命名的陶艺品产生排斥。

鼻崎的发音“ha-na-sa-ki”很不错，因为和花咲的发音相同，也就是鲜花盛开的意思，所以不要看“鼻崎岬”这三个字，光是听“ha-na-sa-ki-mi-sa-ki”的读音，就会觉得是一个一年四季都鲜花盛开的地方。在平成大合并时，日本各地有很多地方把地名改成用平假名标记，或是改成更好听的名字。鼻崎町虽然无缘和邻近县市合并，但改汉字应该并不是不可能的事。而且，并不需要正式改名字，即使地名仍然是鼻崎，只要把昵称改成“花咲”就好。

事实上，澄玲以花咲烧命名，去年开始在网络上贩售“花咲・器”系列作品后，很多人都买来作为乔迁新居和新婚的礼品。

有所发现，是一件重要的事。

并不是每个人都能够看到沉落在海平面的夕阳，也不是任何一个地方都能挖到优质的泥土。线香并不是只能用于祭拜，只要用不同的方式包装，就可以变成很时尚的礼物，最好能够借此让这里再度成为线香的城镇而走向繁荣。听说八海水产鼻崎工厂的规模逐年缩小，很可能在不久的将来就关厂。

健吾也是因为认为继续留在八海水产没有前途，所以辞去了那里的工作，但是，他认为这个地方充满了可能性，才会在这里建造了房子，决定在这里定居。他成立了以艺术活动振兴城镇为目的的非营利机构，有三对艺术家夫妻看了健吾的博客后来到这里，“岬城”也因此被称为艺术村。

他们持续向外界传递信息，但也发现了一件重要的事。

最不了解这个城镇魅力的是居住在这里的当地人。为了向当地人传达这个城镇的魅力，之前在废校的艺廊举办了艺术展，但没有当地人特地跑来远离城镇中心的地方，参观外来人的艺术作品。并不是这样！澄玲感到焦急不已，连续好几个晚上，都梦到自己在城镇上奔跑，大喊着："并不是这样！"

当地人以为我们只是创作自己想要创作的作品，画自己想要画的作品。无论在哪里创作，无论在哪里发表，都是相同的作品，但事实并不是这样。我们的作品将自己追求的世界和这个城镇的魅力融合在一起，正因为生活在这个城镇，才能够创作出这些凝聚了这个城镇优点的作品。只要看一眼，只要拿在手上，就一定能够发现，就一定能够和我们产生共鸣。

澄玲内心的挣扎只能靠梦境化解，但健吾脚踏实地，着手进行准备工作。他在商店街租了两间已经歇业的店面，开了一家咖啡店和一家工房。"岬城"的艺术家中虽然没有精通厨艺的人，但健吾认为，为了让当地人能够看到自己的作品，创造一个让当地人能够轻松走进来的空间很重要。

幸好成为"岬城"第三位住户的是小提琴制琴师村田纯先生和他的太太菊乃。菊乃有厨师执照，完全赞同咖啡店的经营，也包办了厨房的所有工作。这家咖啡店发挥了预期的功效，当地人最先接纳了纯先生。纯先生举办了小提琴演奏会，以商店街的人为中心的客人把整家咖啡店挤得水泄不通。音乐果然是全世界的共同语言，只不过不知道是不是激发乡愁的小提琴音色只能打动上了年纪的客人，演奏会的老主顾都是上了年纪的男人。

这些人缺乏传播的力量，但是，也从他们身上得到了振兴城镇的启示。原来商店街的全盛时期，每天有一万人造访。而且，十五年前，每年都会举行盛大的购物节活动。既然这样，就再次举办购物节吧。幸好把企划案交给商店街的会长后，他没有仔细确认企划的内容，就赞成这个想法，同时还要求各个区域都派代表协助。商店街的人似乎比想象中更充分了解企划的意图，所以各区域的代表也和澄玲差不多，都是三十几岁的人。

澄玲来到了商店街靠海岸大道的入口。

澄玲刚来到这个城镇时，“鼻崎乌托邦商店街”离车站越远的地方越冷清，四丁目和五丁目有九成的店面都是拉下铁门的歇业状态，如今除了澄玲他们的咖啡店和工房以外，还开了专卖主妇手工杂货的店，慢慢热闹起来。

“花工房”内陈列着“岬城”的第四位住户小谷琉璃子的丈夫三鹤的玻璃工艺品，澄玲并不讨厌那些就像是从江户川乱步的小说中走出来的可怕马戏团人偶，虽然感觉好像会随着悲伤的音乐掳走几个小孩。

澄玲已经把盘子和马克杯等工艺品排放在自己专用的货架上，今天整个商店街要一起做准备工作，所以昨天就已经陈列完毕，只要再附上手写的宣传卡片就好。澄玲从皮包里拿出写好的宣传卡片，放在手工制作的卡片架上。

“我看看，我看看。”琉璃子探头张望，“你把你的注册商标翅膀比喻成海浪。”

除非视力特别差，否则站着也可以看到宣传卡片上的文字，但琉璃子特地弯下腰，把脸凑到卡片前，只要她用力喷一口气，就会把卡片吹跑。卡片上只写了简短的文字，但她轻声“嗯”了好几次，频频点头，然后才叹着气站了起来。

“感觉像是深夜的情书，如果你想要写这些东西，告诉我就好了啊。”

“啊，对噢，哈哈哈……”

澄玲毫无意义地抓着头，不出声地在心里一口气数到三十。她不想和“岬城”的住户之间有任何纠纷，但实在无法喜欢琉璃子这个人。她觉得“岬城”的艺术家都有各自的才华，只是对自称是诗人的琉璃子所写的诗感受不到一丝一毫的才华。琉璃子似乎对自己写的字也很有自信，把自己的诗写在签名板上，放在丈夫的玻璃工艺品旁，但只有那个区域变得很廉价，充满了外行的味道，甚至破坏了整家店的气氛。

“呃，不好意思……”

门口传来声音，一丁目的干事堂场菜菜子双手拎着两个大纸袋站在门口。

“我把集点卡的奖品带来了。”

五等奖的奖品是线香。澄玲从菜菜子手上接过纸袋，向纸袋内张望，发现折成相同大小的纸包整齐地排列着。

“你包得这么整齐，一定耗费了不少时间。”

“也没有花太多时间。”

菜菜子回答时，脸上的表情并没有太大的变化。澄玲虽然猜不透她的心思，但觉得没必要放在心上。在佛具店看店，一定有很多空暇时间。

“还有这个。”

澄玲接过菜菜子整理的一丁目各家店铺在购物节期间提供的优惠，每家店都只是将一两样商品降价而已，根本无法让客人感到有什么优惠。早知如此，应该要求各家商店根据这次购物节名称的谐音，准备一些价格设定在八十七日元或是八百七十日元的商品[1]。

“澄澄，这些……”

澄玲正在低头看整理的清单。琉璃子探头看着纸袋开了的口。

1 八十七：日文的“八”（hachi）和“七”（nana）各取第一个音就是hana，也是鼻崎（hanasaki）的鼻（hana）。

“里面是线香吧？用纸包起来不是会折断吗？”

澄玲一时语塞。她当初之所以会想到这个点子，是以前粉领族时代，曾经有人送她用和纸包起的仙女棒。她和同事一起外出时，同事发现自己的丝袜破了，澄玲就把自己皮包里的新丝袜送给对方。几天后，收到那个同事的回礼，和巧克力、红茶之类的完全不同，澄玲感到佩服不已，觉得对方送这种疗愈商品太贴心了。这次也是想起这件事，才会这么提议……只是线香和仙女棒不一样。

“虽然重视外表很不错，但必须发挥一点儿想象力才行啊！不然到时候会贻笑大方，别人以为住在艺术村的人根本没扫过墓。”

又是“想象力”。琉璃子一有机会，就会用这个字眼。当初她说自己是新来乍到，所以把和商店街其他区域的人沟通的事都推给澄玲，却整天都在抱怨。

“折断也没关系啊。”

门口传来另一个声音。所有人回头一看，发现四丁目的干事相场光稀站在那里。

“我也把奖品带来了。”

光稀负责三等奖的奖品——不凋花。她抱着八水奶油螃蟹可乐饼的纸箱。

“我家的坟墓不在这个城镇，家里也没有佛坛，但很希望可以拿到五等奖的奖品啊。可以不把包装纸拆开，直接放在卧室，也可以放在衣柜里啊。”

“对，没错！我也是想要推广线香的新用法。”

澄玲对光稀用力点头，得意地转头看向琉璃子。

“那可以在放奖品的桌子上，把折断的线香放在澄澄制作的盘子上作为装饰。”

琉璃子也一脸得意，好像她原本就想这么提议。澄玲看了心里很不舒服，但觉得她的主意倒是很不错。

和本地线香的合作，有助于提升花咲烧的形象。

*

杂货和二手童装店“小天使”原本是一家茶铺，平时都把木架和桌子放在约十平方米大的店内陈列商品，但在购物节时，把桌子放在店门口，将主力商品陈列在门口。一个人在店门口，店内安排两个人。上午的时间，由相场光稀在店门口招呼客人。

她把摊开的儿童服装重新折好。衣领上的茶色污渍是沾到了酱油？为什么会把这种衣服拿来店里出售？她忍不住叹着气，但还是假装没有发现，重新折好了衣服，塞到其他衣服底下。

今年春天，“小天使”开张满两年。光稀是这家店的“开店元老”，当初和一起住在八海水产公司宿舍的其他太太一起开了这家店。五年前，丈夫因为工作调动来到这个城镇，光稀也跟着丈夫来到这里。当时这里刚好发生了命案，光稀觉得城镇上的人都戴着有色眼镜看待八水相关的人，可能其他住户也有相同的感觉，所以公司宿舍内形成了一个独立的社交圈。

虽然来到这片陌生的土地，但她每天都和公司宿舍内其他聊得来的太太一起喝茶度过下午的时光。公司宿舍内最资深的惠美太太，因为丈夫调到鼻崎工厂，也一起来到这里，已经迈入了第八年。当她得知每个人都对手工艺有兴趣时，提议大家可以合力开店。商工会为了振兴渐渐没落的商店街，向店家提供了房租补贴。惠美的兴趣是夏威夷拼布，光稀生日时，她送了夏威夷拼布的化妆包作为礼物，做工非常精美，即使说是花五千日元买的，也完全会有人相信。

平时想要买东西时，只能去车站前冷清的商店街和车站另一头国道旁的大型超市。大部分日用品都可以在超市买到，但想要买衣服和礼品就很伤脑筋，所以光稀用一万日元，向惠美定做了拼布的手提包和化妆包，作为送给婆婆的母亲节礼物。惠美说，只要两千日元的材料费就足够了，光稀给她看了时尚杂志上的拼布包标价两万日元，惠美才终于收下一万日元。只不过惠美似乎仍然觉得不好意思，过了一段日子，又用一万日元请光稀制作不凋花的壁饰，作为送给朋友的结婚礼物。

那次之后，公司宿舍内开始相互订购惠美的拼布作品、光稀的不凋花，还有其他人的编织娃娃和串珠饰品，所以光稀对惠美开店的提议完全没有任何排斥，反而觉得很有趣。每个女人小时候都有过开店的梦想，所以她二话不说，就同意了惠美的提议。最后经常一起喝茶聊天的六个太太共同开了店，店名是惠美取的，她很喜欢天使，为自己的女儿也取了发音和天使的英文相似的“杏树”。

惠美个性外向，主动担任学校家长会委员，也学习了鼻崎町传统艺能的鼓舞。新店开张后，每天都很热闹，让人重新认识到惠美的人脉。除了八水的相关人士以外，当地人也都来店里买东西。光稀根据店名设计了一款插了白色羽毛的不凋花，也成为店里的招牌商品之一，但基于兴趣制作的杂货不可能一直都畅销。

于是，惠美提议可以卖二手儿童服装。光稀和其他一起开店的太太家里几乎都只有一个孩子，即使有两个孩子的家庭，也都是一男一女，所以每个人家里的衣柜里都有很多孩子已经穿不下但又舍不得丢弃的衣服，如果拿到店里来卖，既能增加店的特色又很环保。

但是，并不是所有的衣服都可以拿来卖，惠美提出只卖知名品牌的儿童服装，并提出了五个品牌，只要有小污渍或开线，就不能作为商品出售，价格都统一设定为原价的三成，几乎没有破一千日元的商品……

“这件衣服多少钱？”

“黄色标签都是三百日元。”

售出了一件运动衣。那是一件杂牌的兔子图案运动衣。光稀接过零钱后，拿了旁边的纸袋，把衣服装了进去。“完了。”光稀差一点儿咂嘴。那是雪莉兔的袋子，但既然都已经装好了，就不能再更换。“谢谢惠顾。”她满面笑容地送走了客人。

开店之后，惠美、光稀和其他人都以比之前快一倍的速度制作手工艺品，每个人都用自己的方式调查、了解哪些商品最受欢迎，比起自己想要制作的作品，更致力于卖得好的商品。大家如此投入的原因，或许也是体会到做生意的乐趣，但其实和每个家庭的经济有更加密切的关系。

虽然大家都认为冷冻食品等速食品很符合现在的潮流，但八水的业绩连年衰退。工厂几乎都迁到了国外，全盛时期在日本国内有五家公司，目前只剩下鼻崎町和另一家工厂，大家纷纷耳语，下一个关厂的就是鼻崎工厂。目前鼻崎工厂大幅裁员，许多人听到主管暗示将被调去治安不良的国家，都纷纷离职换工作。

每年的年终奖金甚至比刚进公司时还少，但日常生活由奢入俭难，尤其在孩子身上花的钱省不了，所以大家都努力用这种方式补贴家用。

景气的时候，当地人都用充满羡慕的眼神看八水的员工，不景气后，当地人的眼神中都带着同情。更何况之后又发生了那起命案。

正因为这样，八水的人才更加团结，但这一年期间，当初一起开店的成员都因为丈夫的工作调动和离职，一个又一个离开了。

惠美每次都带新的成员来补充，当初的开店元老都是跟着丈夫的调职来到这里，彼此的境遇都相同，新的成员却不一样。即使是本地居民，如果丈夫是八水的员工，问题还不大，但光稀在很多事上，都觉得那些和八水毫无关系的本地居民与自己有着明显的不同。惠美还在的时候，这些事还可以忍耐，没想到惠美的丈夫三个月前也调职，离开了这个城镇，而且她丈夫的调职并不像其他人一样，是那种让人担心下一个就会轮到自己的情况，而是升迁调回东京总公司。光稀告诉自己：下一个就轮到我老公了。光稀和店里的其他成员为惠美举行了盛大的欢送会，惠美在欢送会上交代，要把这家店交给光稀，光稀也在热烈的掌声中宣布，要带领大家把这家店做得更大……

早知道当时应该退出。

“光稀太太，你的感觉和这个城镇有落差啦。”当店里的成员决定也要在店里卖杂牌二手儿童服时，光稀独自反对，说违反了当初的宗旨时，其他人对她说了这句话。

这个城镇。这几个当地人说得像煞有介事，但是八水持续支撑着这个城镇的经济。刚到这里时，光稀强烈地意识到自己是外来人，也不愿意融入这里的环境，但最近渐渐认为，自己和八水的员工，才是代表这个城镇的居民。

光稀仰头看着商店街已经有好几处破洞的拱顶天花板。

商店街靠车站的入口有一个绽满了鲜花、像是巨大凯旋门的装饰，感觉很华丽，也很有购物节的味道，但拱顶上每隔三十米，就挂了一个人偶。应该是花仙子的造型，但因为脸部做得太精细，感觉就像是挂了无数具小孩子上吊的尸体，看起来毛毛的。干事之一的星川澄玲说，好像是一位知名的艺术家制作了这些人偶，但光稀没有听过富田千代这个名字，即使上网查了之后，也只搜寻到艺术村的网站。

不知道那些人是靠什么为生……

“不好意思，我要这个。”

两个女生分别递上一块手帕。那是用粉红底色、白色圆点的布裁成四方形，将四边缝起后做成的手帕，角落绣了一朵红色的小花。

“八十七日元。”

两个女生分别递上一百日元硬币，光稀把零钱找给她们。

“请你帮我们盖印章。”

“对噢。”

光稀在女孩递过来的集点卡上，盖了天使图案的印章。这是光稀用橡皮擦刻的印章，专门用来盖在集点卡上。那两个女生似乎从一丁目一路搜集印章，但没有任何一家店在印章上花心思，像和果子店使用的是只刻了姓氏的自动给水印章。

看到两个女生说着“好可爱”，光稀发现自己认识她们。她们是彩也子的同学。原来这两个孩子自己来逛购物节。光稀目送着她们走向五丁目的背影，想到丈夫明仁会在中午之前带彩也子来逛街。

光稀左顾右盼着，忍不住在心里想道。话说回来，原本以为艺术村的人举办的购物节完全不符合这里的民情，根本不会有人来参加，没想到人潮比想象中更拥挤。不知道是因为城镇上到处张贴着无视目前季节，开满了鲜花的海报奏了效，还是这里的人喜欢节庆，不管任何名目都无所谓。

最大的噱头就是提供免费食物。从十一点开始，将会在五丁目提供五百份蛤蜊巧达汤和蛋黄酱鲜虾可乐饼。以干事澄玲为中心的艺术村那些人为了振兴鼻崎町而建议提供这两道食物给前来参加购物节的民众，以县立鼻崎高中家政课社团为主的义工，借用了以前是食堂的店面制作这两道料理。

光稀原本以为艺术村的人走不出自己的小圈子，没想到获得了本地学校的协助，忍不住感到惊讶。虽然听说是因为艺术村的其中一名成员是那所高中的美术老师，但还是令人刮目相看。

“妈妈。”

光稀听到悦耳的声音，停下正在折衣服的手抬头一看，是彩也子，但不见明仁的身影。

“爸爸呢？”

“爸爸说他要去公司一趟。”

明仁开车把彩也子送到商店街靠车站那一侧的入口，然后直接去了公司。

“早知道你应该约同学一起来，我刚才看到你的两个同学。”

彩也子似乎露出一丝紧张的表情，但立刻恢复了往常聪明伶俐的表情。

“她们有约我，但我说要和爸爸一起来，所以就拒绝了。等一下遇到她们，再和她们一起逛。妈妈，给我一张集点卡，我也要在这里买东西才能盖印章吗？”

“不用了，妈妈免费盖给你。”

光稀在新的集点卡上盖了橡皮擦印章后，交给彩也子。

“太惊人了，这里有这么多雪莉兔的衣服。”

听到有客人在看衣服，光稀慌忙说“欢迎光临”，她正准备接着叫一声“哎哟”，没想到彩也子先叫了起来。

"久美香！"

佛具店老板娘堂场菜菜子正拿起衣服，在坐在轮椅上的女孩身上比画着。

"对不起，我一直想找时间过来看看，但始终没有机会，没想到有这么多可爱的衣服。卖这么便宜的价格没问题吗？"

"都是彩也子以前穿的衣服，我算你便宜点儿。"

"你穿这件应该很好看。"彩也子拿起一件胸前有褶边的衬衫，然后又拿起另一件衣服说，"但还是这件比较好看。"

"她们好像姐妹一样。"光稀说。

菜菜子说："对啊。"然后面带微笑地看着久美香和彩也子。菜菜子完全没看其他便宜货，买了十件二手衣，好像打算把雪莉兔的二手衣全都包了。

"这一带都买不到，我又没有时间去百货公司那么远的地方，真是太幸运了。"

看到菜菜子双眼发亮地这么说，光稀心想，以后彩也子穿不下的衣服不必再拿来店里卖，送给久美香就好。与其被客人嫌贵一再杀价，只拿到少许的钱，还不如送给了解这些衣服价值的人更爽快。光稀观察着菜菜子，以前就觉得她很有气质，虽然总是穿素色衬衫搭配喇叭裙，但都不是便宜货。她浑身散发的感觉，和光稀认识的其他本地人不太一样。

正在帮忙把衣服装进纸袋的彩也子看了一眼手表，"啊"了一声。

"蛤蜊巧达汤和蛋黄酱鲜虾可乐饼要被抢光了。"

光稀也看了一眼手表，发现已经十点五十分了。

"听起来好好吃噢。"

说话的是久美香。光稀第一次听到久美香说话的声音，很可爱，像银铃般清脆。

“那我们先回家，等一下叫爸爸带你去？”菜菜子说。她告诉光稀，她丈夫在帮忙看店，她刚才只说要出来一下子。

“久美香，我们一起去。”

彩也子说完，轮流看着光稀和菜菜子问：“可以吧？”

“我帮你推轮椅，好不好？”

不等大人回答，彩也子就握住了轮椅的把手。

“可以吗？”菜菜子担心地问。

光稀竖起大拇指回答：“没问题啦，今天是购物节啊。”

*

SICA：所以，通过担任购物节的干事，你们的孩子也变成了好朋友——什么？发生了意外？

第二章

花咲购物节

SICA：所以是在购物节时发生了意外吗？后来还好吗？

*

位于鼻崎乌托邦商店街正中央的友谊广场传来当啷当啷的巨大声响。

“恭喜你，中了二等奖。”

宫原健吾摇着中奖铃，用不输给铃声的声音高喊着。

“哎哟！”五十多岁的家庭主妇兴奋地拍着手叫了起来。星川澄玲也对她说：“恭喜。”然后把白底上有粉红色押花的纸袋递到她手上。那位主妇的女性朋友站在离抽奖台有几步距离的地方，迫不及待地探头看向纸袋问：“里面装了什么？”她自己抽中的五等奖线香早就塞进了皮包。

“哎哟，很棒啊。”

二等奖的奖品是三丁目的“玫瑰发廊”准备的洗发精和护发素组合，那是活跃在巴黎时装周上的世界超模也都爱用的英国品牌，两瓶就要五千日元。虽然不知道那两个女人是否了解奖品的价值，但看到她们拿到奖品兴奋的样子，澄玲也感到很高兴。

健吾再度摇着铃说：“五等奖。”

健吾和开出二等奖时一样高声喊道。澄玲把装了线香的纸包递给站在健吾身旁露出失望表情的两名小学女生。

“线香的香气很怡人，可以放在房间作为装饰，也可以放在衣柜里，增加时尚感。”

听到澄玲这么说，两个女生把纸包放在鼻子前用力嗅着味道。“是薰衣草！”其中一个女生好像在回答猜谜题般得意地说道。“我也很喜欢啊。”另一个女生有点儿矫情地回答。她们小心翼翼地把纸包塞进小皮包，笑着说了声“谢谢”，转身离开了友谊广场。如果是檀香味的线香，可能就没有这种效果了。澄玲满意地看着那两个女生离去。

这时，摇奖器又当啷当啷地转动起来，随即响起响亮的铃声。

健吾之前决定，无论抽到一等奖到五等奖的任何一个奖项，都要摇铃祝贺。因为很多人即使来参加购物节，也可能觉得商店街从头走到尾，搜集五家店的印章很麻烦，但是听到响亮的铃声，心情就会很振奋，觉得自己可能也会抽到好奖品，就会想要参加。

澄玲当时听了，不由得感到佩服，也觉得很有道理，只是健吾自己可能也没想到，会一直摇这么久的铃。澄玲看了一眼健吾一直握在手上的铃。

摇铃原本应该是金色的，如今已经变得很灰暗，难以想象以前曾经闪着金光的样子。木质把手部分原本应该是更淡的棕色，只是吸收了很多人手上的汗，变成了目前的颜色。

之前提议举办全新购物节的同时，也提议利用这次机会，将商店街活动用的短褂全都换上新装，将原来的深蓝色短褂换成了和色彩缤纷的海报相同的花卉图案。虽然因为健吾的朋友介绍，对方提供了优惠的折扣，但这款自行设计的布料的费用，就相当于举办购物节总预算的三成，所以无法将所有的东西都换成新的。

之前在商店街会长的带领下，参观了活动中心内的仓库，发现摇奖器和摇铃虽然已经变了色，但擦得很干净，保存在盒子里。折叠式的长桌子和白布等开奖需要的东西也都很齐全。

——三波春夫来的那一年，从车站到海岸大道，到处都是黑压压的人群，形成了一条黑色带子。

会长说着，满脸怀念地摇着摇铃。

马路上传来脚踏车的铃声，这条商店街连接了车站和海岸大道，很多上班、上学的人都会走这条路，也有人去车站另一头国道旁的大型超市买完东西后，把超市的塑料袋放进篮子，骑着脚踏车经过商店街，只是平时很少听到脚踏车的铃声。虽然今天还无法形成黑色的带子，但拥挤的人潮至少已经形成了无数黑点。而且，现在还没到中午。

购物节大获成功。

澄玲拉了拉短褂的衣襟，从脚下用白布遮住的纸箱里拿出包着线香的纸包，放在奖品桌上，同时把四等奖的奖品也排放整齐。四等奖的奖品是二丁目的和服店“大和屋”用西阵织的零星布料做的束口袋。由于颜色和图案都很丰富，所以特意装在透明的塑料袋内，让大家可以看到里面的奖品，同时也可以为奖品桌增添色彩。但澄玲递上奖品时，很多人想要不同的花色，所以桌上的四等奖奖品很凌乱。

“中奖了！三等奖！”

健吾欢快地高声喊道，脸上露出了澄玲在大学时代从来没有见过的亲切笑容。这是他当过上班族的最好证明，澄玲也对站在摇奖器前上了年纪的男人露出了丝毫不输给健吾的灿烂笑容。三等奖的奖品是由四丁目的二手童装和杂货店“小天使”准备的不凋花摆设。由于不凋花的颜色很丰富，所以也排放在抽奖台上。

“请问你要哪一款？”

这次的奖品似乎都针对女性，澄玲忍不住反省道。但那个上了年纪的男人完全没有露出失望的表情，指着以红玫瑰为主的不凋花说：“我要这个红色的。”

“我带花回去，我家的老太婆一定会吓一大跳。”

男人放声大笑，澄玲把奖品装进纸袋后交给他时说：“加油噢。”

澄玲的视野微微模糊，她抬头看向健吾。健吾也开心地对她露出笑容，好像在对她说：“购物节很成功。”

“要不要去那些干事家里，请他们多准备一些奖品？”

“不，奖品抽完就宣告结束，这样不是比较好吗？也可以发挥抛砖引玉的作用。”

澄玲点着头，调整了桌上还剩下的三个不凋花的位置，更衬托彼此的色彩。的确，没有抽中自己想要的奖品时，可能会直接去店家购物；没有抽奖资格的人，下次或许会更早来参加；来参加购物节，却没有抽奖的人，或许会懊恼早知道应该去参加。

有一点儿小遗憾的程度刚刚好。幸好一等奖还没有抽出来。这次准备了三个，只要三个一等奖还没有被抽完，就不会影响抽奖的兴奋感觉。

澄玲在想这些事时，摇铃声仍然响个不停。然后——

“终于抽到了今天第一个一等奖！”

健吾大声摇着摇铃，友谊广场的人也跟着鼓掌。抽中一等奖的是和澄玲年纪相仿的女人，她和几个带着孩子的家庭主妇站在一起。

一等奖的奖品是澄玲制作的一对咖啡杯和杯托组合，在“花工房”和网络上的售价是一万日元。把手的部分做成翅膀的形状，是很受欢迎的商品，客人都拿来作为新婚赠礼。眼前的主妇抽中这个奖品应该会很高兴、很庆幸。澄玲把纸袋交给那个女人，指着奖品桌上的样品杯子说：“恭喜，奖品是和这个相同的杯子。”

“啊？一等奖是这个？”

女人皱着眉头说，但澄玲不了解她这种表情的意思。

“我想换这个花。”

那个女人无视澄玲错愕的表情，指着不凋花摆设说道。澄玲这才发现原来这个女人的意思是不要咖啡杯，更希望拿到不凋花的摆设。澄玲顿时觉得心好像被人用力揪了一把，脸颊红了起来，但她说不出话。

“不好意思，活动有规定，不可以交换奖品。”

健吾满脸歉意地说。澄玲对健吾道歉感到生气。

“啊？”女人嘟着嘴，明显露出了不悦的表情。

“不用换啦，我觉得很漂亮啊，如果你不喜欢，我的和你交换。”

同行的女人语气开朗地说道，但澄玲听了也很生气，因为她抽到的是五等奖的线香。

“那我的至少比你的好一点儿，算了，就这样吧。”

抽中一等奖的女人轻轻叹了一口气，把纸袋挂在婴儿车的把手上，对她的朋友说去下一个地方，没有回头看澄玲一眼，就离开了广场。当澄玲听到“跳蚤市场”，觉得心从里面被揪紧了。

健吾又当啷当啷地摇响了摇铃，表示刚才的事已经落幕。

“让各位久等了，下一位。”

健吾若无其事地露出笑容，但澄玲无法露出相同的表情。

“呃……”一个女人诚惶诚恐地走到抽奖桌前。原来是一丁目堂场佛具店的菜菜子。

“不用换班没关系吗？”

菜菜子问澄玲。菜菜子虽然也是干事，但并不负责抽奖工作。她一定是看到刚才那一幕而同情起自己。澄玲再度感到脸颊发烫，没想到菜菜子露出比刚才更满怀歉意的表情。

“不好意思，她们不了解价值。”

菜菜子用只有澄玲和健吾才能听到的声音道歉，甚至还鞠了一躬。

“不，那个……”澄玲还是不知道该如何回答，但听到菜菜子说她们“不了解价值”，觉得心情比较舒畅了。

对啊……自己不是早就知道这个城镇还有很多人不了解艺术的价值，所以才会举办这次购物节的活动吗？而且，购物节的活动才刚开始。澄玲这么告诉自己，但心情还是无法恢复到能够露出笑容的程度。

“那就麻烦菜菜子太太接手吧，我也很担心工房的情况，咖啡店可能也忙不过来。”

听到健吾这么说，澄玲比菜菜子更小声地应了一声：“那好吧。”然后脱下了短褂。澄玲事先也发了短褂给菜菜子，但她没有穿在身上。

“我老公在看店，短褂穿在他身上。”

澄玲还没有发问，菜菜子就主动回答。“那你穿我这一件。”澄玲把短褂交给她，逃也似的冲出广场。身后传来响亮的铃声，但她完全不想知道是谁抽中了几等奖。

商店街的热闹情况虽然不如友谊广场，但整条街上的人似乎比平时多了十倍。快走到四丁目时，澄玲看到前方大排长龙。她不由得兴奋起来，以为也许是咖啡店和工房生意兴隆，但随即闻到了味道，知道并不是这么一回事。四周飘散着油炸食品的香味。

那些人在排队领免费的蛤蜊巧达汤和蛋黄酱鲜虾可乐饼。地点在以前曾经是食堂的空房子内，不在商店街上，而是在后方的巷弄内。澄玲瞄了一眼弯来弯去的巷子，发现排了将近一百米，队伍中还有一个坐在轮椅上的小女孩，不知道是不是她姐姐带她来的，两个女生开心地聊着天。

澄玲经过弯进巷子的队伍，笔直地向前走，看到了“花咖啡”和“花工房”。咖啡店前排了五六个人。之前发生过座无虚席的情况，但从来没有见过还有客人等在门外的情况。

澄玲想起刚才在抽奖时回收的集点卡，五丁目的栏内几乎都盖着“花咖啡”和“花工房”共享的花卉图案印章，应该不是所有人都去咖啡店，也有人走进工房逛逛，其中一定有人了解陶艺品的价值。

澄玲用力打开了“花工房”的拉门。

“欢迎光临，啊，原来是澄澄啊，你回来了。”

正在角落低头看文库本的琉璃子抬起头。店里没有客人，也只有琉璃子一个人看店。

“其他人呢？”

“不是刚好中午吗？咖啡店忙不过来了，连我老公也都跑去帮忙了。反正洗盘子不需要笑容。”

玻璃工艺师三鹤制作的作品有一种忧愁，他本人也沉默寡言，当岬城的人聚在一起时，他也几乎没有笑容。澄玲想到了三鹤，顺便看向陈列他作品的货架，发现开店之前陈列的十个马戏团人偶全都不见了。难道发生了什么问题暂时下架吗？澄玲暗想着，打量了整家店，发现其他货架上并没有空了一大块的情况。

“马戏团人偶都卖完了。”

琉璃子可能察觉到澄玲的视线，得意地告诉她。

“有一对夫妻经营了一家名叫‘小丑’的西餐厅，把所有人偶都买走了，说是要放在店里当装饰，而且说还不够，又订购了一些。那家西餐厅好像开了很久，澄澄，你去过吗？”

澄玲默默摇了摇头。难道那对夫妻没有注意到餐具吗？

“那下次找时间大家一起去，他们说会帮我们打折。”

澄玲内心再度感到不是滋味。

“其他作品也都卖得不错，搞不好今天半天，就超过了之前一整年的业绩。这样形容好像太夸张了。”

琉璃子把小本子交给澄玲。在“花工房”内，为了方便计算每位艺术家作品的营业额，所有出售的商品都要记账。澄玲翻开封面，为了避免琉璃子发现她的紧张，她翻得特别慢。每天都会在新的一页上开始记录，今天的售出记录一直写到最后一行。她看向商品名的位置。

三鹤的玻璃工艺品、美玲的草木染围巾、阿班的相框、健吾的绘画明信片、千代的人偶……

“装饰品？”

“就是商店街入口那个，町公所的人说，等购物节结束后，希望可以卖给他们，因为可以在举办其他活动时使用。我和三郎先生商量，他说要再问你，所以我只是先记录而已。”

专门制作人偶的艺术家富田千代和她的丈夫三郎是岬城的第五位住户，也是半年前刚搬来这里的新人。三郎是空间设计师，目前在本地的县立高中当美术代课老师。也是因为三郎，县立高中的学生才会答应在商店街提供免费的蛤蜊巧达汤和可乐饼时来帮忙。当有本地的孩子参与这次购物节，他们的父母和朋友也会来捧场。

话说回来……没想到不是商品的物品都有人来买。

澄玲又翻到下一页，并没有看到自己的陶艺品出售的记录。虽然只要看货架，马上就可以确认这件事，但澄玲不想让琉璃子察觉，因为写了琉璃子诗句的签名板也卖掉了两张。

琉璃子是不是明知道只有澄玲的作品没有卖出去，所以故意给自己看销售记录？澄玲拿着小本子的手指微微颤抖，如果不稍微用力，牙齿也会嘎嘣嘎嘣打战。

“生意最好的当然是咖啡店，不过，那个就是大败笔了。”

“那个？”

澄玲好不容易挤出沙哑的声音问道。

“就是免费的蛤蜊巧达汤和可乐饼啊，提议使用本地食材的菜式的确是好主意，以后也会加入‘花咖啡’的菜单，不是吗？但是，让大家免费吃怎么行呢？虽然我不知道当初是由谁决定的，但是无论如何都应该收钱，即使只收一百日元也无妨。”

当初是健吾提议用免费食物吸引民众上门，澄玲也表示同意，其他干事也都没有提出反对意见。

“但是，也因为这样，才会有这么多人啊。”

“即使是这样，也要收钱啊。在这种大型活动中，只要有一样东西免费，就会成为衡量的标准。我刚才也去吃了，真的很好吃。”

即使不用琉璃子说，澄玲也知道味道很好。那是以菊乃为中心的岬城义工们在“花咖啡”试做了好几次才完成的。

“那些人不会把省下来的钱拿去买其他东西，反而会对付钱的行为产生抗拒，即使只是一千日元的商品也一样。不花钱就吃到好吃食物的人来到这里，看到标价一千日元的商品，会有什么感想？不过，幸好这次有集点卡。”

澄玲能够理解琉璃子想要表达的意思，她的意思是说，你的作品就是因为这个卖不出去。澄玲再度看着小本子，发现以明信片为中心，有好几项以一百日元为单位的金额，代表有人只是为了集印章，随便买了价格便宜的商品。澄玲的作品都超过一千日元。

“澄澄，你至少应该在今天降价。”

但是，三鹤的玻璃工艺品每个都超过两千日元，也都卖出去了。千代虽然只卖出一个人偶，但也记录了一万日元。如果那两个人的作品也都没卖出去，琉璃子也会说相同的话吗？

不，绝对——

澄玲握紧双手，当她将视线从琉璃子身上移开，看向店外时，发现外面似乎有点儿吵。这时，原本在咖啡店的纯先生冲了进来。

“食堂着火了！”

纯先生还没说完，澄玲就冲了出去。

*

堂场菜菜子惊讶地发现，拿到线香的人并没有露出不悦的表情，甚至还向她道谢，让她受宠若惊。正因为这样，她更觉得刚才带着孩子的家庭主妇表现出的态度有失体统。谁会去挑剔抽奖的奖品？她为什么无法想到，既然能够成为一等奖的奖品，就有可能是相关人士的作品？

不，在这个城镇，谁的脸皮更厚，谁就赢了。有些人说话之前不会仔细思考，说一些神经大条的话，让人怀疑他们的脑袋是否直通嘴巴，那种人一定每天都爽爽地过日子。

刚才把女儿交给在四丁目的“小天使”遇到的彩也子后，回店里的途中，刚好遇到有人挑剔澄玲提供的抽奖奖品。菜菜子不认识那个抱怨的主妇，但一看就知道是本地人。如果不是澄玲，而是由在这里生活多年的商店街的人负责抽奖活动，自己一定连招呼也不打，就直接走过去，更不可能道歉。

更何况菜菜子根本没必要道歉，但她还是对这个城镇的人对外来人的失礼态度感到很抱歉。

也许是感到丢脸，刚才才会道歉。

当啷、当啷。摇铃的铃声响起。听到健吾说是四等奖，菜菜子拿起面前的束口袋，交给站在桌前的女人。

“哎哟，原来是堂场太太，你很卖力嘛。刚才我见到久美香了，看起来很不错，真是太好了。下次再约一起吃午餐。”

“好，谢……”

虽然菜菜子费力扬起嘴角，但不知道是否成功挤出了笑容，她感受着腋下流的汗，努力回答对方，只不过对方还没有听完她的回答就离开了。菜菜子很后悔自己主动提出换班。

“你认识吗？”健吾问她。

“我女儿同学的妈妈。”

“你有小孩吗？那你在这里帮忙没问题吗？”

“没问题，相场太太的女儿带她去吃蛤蜊巧达汤和可乐饼了。”

“那就太好了。”

健吾松了一口气。刚接手时，客人络绎不绝，如今又一下子没人了。菜菜子猜想大家应该都去排队吃免费食物了。久美香很想吃，所以就让她去吃了，但蛤蜊巧达汤和可乐饼这种东西，根本不值得排队去吃，而且之前在干事开会时，听说“花咖啡”之后也会供应相同的餐点。排队去吃这种东西太寒酸了。

“购物节的感觉怎么样？”

健吾把摇铃放在桌上问道。

“怎么样是指？”

“你家之前就在这里开佛具店吧？以本地人的角度，觉得这次的购物节热闹吗？”

“我认为非常成功。老实说，当初我并没有想到会有这么多人来……对不起。”

“没关系，听到本地人的肯定，真是太开心了。”

看到健吾的笑容，菜菜子忍不住低下了头。自己一句称赞的话，竟然让对方这么高兴。她为这件事感到害羞。而且，自己有多久不曾受到这么亲切的对待了？

“宫原先生，请问你为什么挑选这个城镇作为创作的地点？”

在她担任购物节的干事，开始和俗称艺术村的人接触时，内心就产生了这样的疑问。菜菜子因为刚好在这里出生，所以只能无奈地住在这里，完全难以理解那些艺术家为什么会挑选这里。

“这里很好啊，风景优美，空气清新，海鲜也很好吃。”

“啊……”

这些或许在都市人眼中都是魅力，但并没有比其他乡下城镇更出色。

“我以前在八水上班，进公司后，立刻被派到鼻崎工厂。因为工作上的各种因素，我离职了，但当时就希望有机会能回到这个城镇。”

“原来是这样。”

菜菜子终于了解了他认识这个城镇的契机，但是，知道之后，又产生了新的疑问：难道他对于把房子建在那种地方没有任何排斥吗？

自古以来，从海岸线通往鼻崎岬中途的高地就是欣赏夕阳的名胜。五年前，那里经过整地，成为建地之后，作为别墅用地出售。在即将完工的某一天，在那片土地的角落发现了一具尸体。

于是，这个欣赏夕阳的知名景点每天都出现在全国新闻节目中，那片土地也因为找不到买家而闲置了一段时间。

不久之后，健吾和其他艺术家渐渐移居到那里。菜菜子一直以为他们并不知道那件事。

“堂场太太，我来猜猜你在想什么，好不好？”

健吾似乎觉得很好笑，笑着问菜菜子。菜菜子立刻用双手捂住脸，想要掩饰自己的表情。

“竟然会有人把房子盖在发生命案的地方。”

菜菜子只能低下头，虽然她知道这个动作代表自己承认了。

“命案发生当时，我在八水工作，所以了解大致的情况，但自己喜欢的城镇中，自己最喜欢的地点变成了建地，而且便宜抛售，没理由不买啊。”

“你不会在意吗？”

“既然自称为艺术家，心思应该更细腻，但我和灵感这种东西无缘。相反，我还经常和东京的朋友开玩笑，问他们知不知道‘你是芝田吗？’的通缉令，然后告诉他们，我就住在命案发生的地点。”

“东京也贴了那张通缉令吗？”

“对啊对啊，所以很有名，很多人即使不知道命案的内容，也知道通缉令上的那句话。”

“是噢。”菜菜子不由得感到佩服，但又纳闷：即使全面通缉，至今仍然没有抓到凶手。

“啊，但是请你不要告诉澄玲和岬城的其他人，虽然他们可能已经知道了，只不过我们从来没有聊过这件事，大家都只是单纯地希望那里可以成为自己创作艺术的发源地。”

“我知道。”

菜菜子看着健吾的眼睛回答。

健吾拿起摇铃，对着马路用力摇了起来。

“集点卡的抽奖地点在这里！”

一个推着手推车的年迈女人似乎听到了叫声，走向友谊广场，但许多人从四丁目的方向跑了过来，超越了年迈的女人，好像在逃难。

“失火了！”

虽然分不清是男人还是女人的声音，但“失火”这两个字立刻传入菜菜子的脑海。

久美香！她冲出了友谊广场，但要从挤满人的街道往火灾发生的方向前进实在太难了。不光是因为大家都想逃离火灾现场，也许还因为在火灾现场附近的人虽然想要逃到更远的地方，但和现场有一段距离的人，可能想要挤过去查看到底发生了什么事。

菜菜子听到站在那里围成一道人墙的人群中，有人说是免费发放食物的食堂失火。那正是久美香半个小时前去的地方，正常走路的人，也很难顺利前进，久美香坐在轮椅上，能够顺利逃离吗？虽然有比她年长的彩也子陪她，但彩也子也是小学生。

如果身边的大人能够伸出援手……菜菜子心里太清楚，根本无法期待这种事。

之前在幼儿园儿童集体上学的路上，当轿车冲上人行道时，负责接送的两个导护妈妈只保护自己的孩子，而且大言不惭地说，她们只是刚好走在一起而已。但如果两个导护妈妈分别走在队伍的一前一后，队伍最后方的久美香就不可能受伤。她们八成根本没有照顾那些孩子，只顾着走在一起聊天，当发现车子冲过来时，只想到保护自己的孩子，但那两个导护妈妈完全没有道歉，还大骂那个司机，好像她们也是受害者。

更让人傻眼的是这句话。

——只付给堂场家慰问金，是不是太奇怪了？

在幼儿园的毕业典礼上，她们明知道菜菜子坐在离她们不到三米的座位上，说话时也完全没有压低声音。

之前有一个演员在电视上说，乡下城镇的人比较有人情味。那只是幻想，是梦幻。只是你想要这么以为而已吧？那一天，菜菜子因为那个演员一句无关紧要的话，编织了十朵花。

这个城镇没有人会帮助久美香，没有人会帮助我们。

光是说“对不起，借过一下”根本无法发挥作用，菜菜子双手拨开人群往前挤。

“让开，让开，让开。”

后方传来足以让人群自动让开的吆喝声，商店街的老居民在身穿短褂的商店街会长带领下，抱着消防水管跑了过来。菜菜子这才想起还没有听到消防车的警笛声。商店街平时从上午八点到晚上八点都禁止车辆通行，但目前情况紧急，消防车应该可以开进来，只不过可能无法开进巷子。

火势目前应该仍然不断蔓延。

菜菜子用力拉着短褂的衣摆，跟着抱着水管的那群人，全速奔跑起来。

这就是所谓不幸中的大幸吗？

菜菜子抵达时，虽然有烟味，但幸好几乎没有看到火。以前那里是食堂时，菜菜子并没有来过，但知道是战后不久建的老房子。原本以为只要有一根点了火的火柴掉在地上，就会立刻蹿起熊熊大火，但火势没这么严重。

菜菜子来这里的路上没有看到久美香。由商店街老居民组成的义务消防员把水管连上四丁目和五丁目交界处的消防栓后，立刻赶到了火灾现场，菜菜子跟在他们身后。没有整修的小巷内随意丢着只剩下干裂泥土的盆栽和搞不清楚有什么用途的木棒。

轮椅有办法从这条小巷逃离吗？虽然火灾的规模没有想象中那么大，但久美香也许吸到了烟雾，但菜菜子又觉得，久美香可能一开始就没有去食堂。这里的路凹凸不平，一下雨就会积水，走路时并不会太在意，但需要很大力气才能推动轮椅。也许她们放弃了，去了其他地方，而且也没看到光稀的身影。她应该也很担心彩也子的安危。

菜菜子正用这种方式说服自己，突然看到有一辆轮椅倒在敞着大门的食堂后方。同时在消防车的警笛声中，听到了救护车的警笛声渐渐靠近。

“久美香！”

菜菜子冲进食堂，差一点儿因为烟雾的气味和热气逃出来。

“不要进来！”

澄玲厉声叫道，她手上抱着灭火器。

“小姐，你也快离开，接下来交给我们。”

商店街会长把水管前端抱在腰上说完后，推开澄玲，冲进了厨房。

“这应该是天妇罗的油。”

菜菜子听到会长这么说，从他的声音来判断，火势应该还没有完全扑灭。

澄玲从食堂走出来后，发现站在门口的是菜菜子，“哎哟”了一声，脸上的表情稍微变得柔和了一些。

“我女儿应该也在这里，坐着轮椅。”

菜菜子看着倒在地上的轮椅。车轮的粉红色外框，证明那是久美香的轮椅。

“啊！”澄玲似乎想到了什么。

“应该是那两个孩子。我在来这里的路上遇到逃跑时跌倒的孩子，所以我请旁边的高中生把她们带去花咖啡处理伤口。”

在大家吓得四处逃窜时，澄玲赶去灭火。菜菜子打量着澄玲的脸。虽然她的脸颊被烟熏黑了，但双眼闪着透明的光芒。即使刚才在抽奖会场遇到了不愉快的事，她还是能够立刻挺身帮助他人。自己是因为久美香才会来这里，否则一定会傻傻地站在友谊广场，看着人群逃离火灾现场。

澄玲刚才说，久美香受了伤。消防车和救护车的声音变大了，停在附近。该不会是为了久美香叫了救护车？

“那我去看看。”菜菜子转头看着澄玲，鞠了一躬后，沿着狭窄的巷子跑向商店街的方向。只要跑回商店街，“花咖啡”就在不远处。

她之前因为担任干事而多次造访“花咖啡”，但当她推开店里的木门时，发现里面根本不像是假日午后的咖啡店。菜菜子住在鼻崎町期间，这里并没有发生过大型的自然灾害，但她不难想象，眼前的情景应该和避难所差不多。

几个高中女生坐在平时客人吃松饼和焗烤咖喱的座位上，有人正在为她们处理伤口。菜菜子看到她们系着和短褂相同图案的围裙，猜想是在食堂的厨房帮忙的学生。她们似乎有轻微的烫伤，有的学生身上包着大披巾，低头蹲在地上。

菜菜子看到久美香在咖啡店后方，久美香也同时发现了菜菜子，叫了一声："妈妈！"菜菜子跑向坐在椅子上的久美香，久美香伸出双手抱住了她。

"妈妈，好可怕。"

久美香说完，紧绷的神经似乎终于松懈，放声哇哇大哭起来。菜菜子用力抱着久美香，缓缓抚摩着她的头。为什么这些可怕的事老是发生在这孩子的身上？如果不住在这种地方，就不会遇到这种事了。菜菜子觉得好像是自己的过错，向久美香道歉："对不起。"

菜菜子缓缓松开手，从头到脚打量着久美香。久美香的衣服弄脏了，但似乎并没有受伤。

"久美香，有没有哪里痛？"

久美香检查了自己的身体后，把右手伸到菜菜子面前。她的手上贴着创可贴。

"刚才跌倒时磨破了，阿姨帮我消毒过了。"

顺着久美香的视线望去，看到一个之前多次在这里见过的女人。她是艺术村的居民，平时都在厨房张罗。菜菜子记得她叫菊乃。当她们四目相接时，菜菜子向她鞠了一躬，对方也向她点了点头，但现在似乎没时间寒暄。

"彩也子呢？"

原本以为彩也子和久美香在一起，但没看到她。她该不会丢下久美香一个人逃跑了，还是她们两个小孩子虽然一起来到这里，但光稀先到一步，把彩也子带回家了？……就像那一次，那些人一样。

"彩也子刚才还和我在一起，但被救护车送去医院了，她可能骨折了。"

久美香说完这句话，再度哭了起来。菜菜子觉得她这次不是为自己哭，到底是怎么回事？

“久美香，告诉妈妈，你是怎样从食堂逃出来的？”

*

彩也子和一个高中女生被送到了鼻崎综合医院的假日门诊诊疗室。听说那个高中女生原本负责炸可乐饼，被烫伤了。虽然是别人家的孩子，但还是希望她只是轻伤。不，比起别人，现在更应该关心自己的孩子。

如果自己再早一点儿赶到就好了。相场光稀目不转睛地注视着通往诊疗室的白色的门，为自己忘了彩也子还是小孩子感到懊恼不已。

得知食堂失火时，她正在小天使店面后方的作业室内。

虽然光稀对那些二手儿童衣感到不满，但每卖出一个不凋花，她的心情就好一点儿。为了这次购物节，她准备了能够让民众轻松购买的铜板价不凋花策略，并且奏了效。把一朵玫瑰花放在四方形白色陶器的正中央，周围再用小朵的康乃馨和树木的果实加以衬托。当然，也没有忘记用羽毛点缀。

几年前，还没什么人知道不凋花，很多人都把不凋花和干燥花混为一谈，但在母亲节等活动，超市也开始卖不凋花之后，它的知名度逐渐提升，而且大家也都知道不凋花的价格不便宜。

所以，光稀这次推出了五百日元铜板价的商品。只要能和材料费打平就好。这次的最大目的就是希望城镇上的人因为价格便宜而买回家自用，成为亲近不凋花的契机，之后就会想到可以把不凋花作为生日礼物或其他用途。

——光稀，只剩下这些了吗？我朋友叫我帮她留三个，还少一个。

店里一位成员的朋友刚才来买了二手衣，之后又传来邮件，表示还想要买不凋花。对方特地通知想要购买，但如果少了一个，很可能干脆一个都不买了。光稀没想到这次购物节会有这么多人，原本打算有空时可以制作一些新的作品，所以把材料和工具都带来了。

“要不要再做一个？”光稀问那名成员。对方握着她的手道谢。光稀立刻逃进了作业室。

光稀很不喜欢别人有事没事就触碰她的身体。虽然她觉得好几个人一起去上厕所很麻烦，但在小学、中学和高中时代，几个比较要好的女生中，都有人喜欢牵手，她一直以为那是十几岁小女生的特征，没想到成年之后，也经常遇到这种人，而且不止一两个。

根据光稀的分析，那些喜欢假装熟络、拉手或拍背的人，都是鼻崎町本地的居民，但是，她想起了菜菜子，觉得菜菜子应该讨厌这种事，然后又担心彩也子不知道有没有好好照顾久美香。

不必担心，那个孩子很懂事。

光稀从来没有问过彩也子“功课做好了吗”或是“教科书都带齐了吗”这种事。彩也子自己决定了练钢琴的时间，每天都自行练习。光稀从来没有辅导过她补习班的作业，彩也子也从来没有因为遇到不会做的题目去请教光稀。举行演奏会时，她弹奏的曲子总是比其他同年的孩子更难；放学回家时，都会拿出一百分的考卷给光稀看。

每次看到彩也子这么争气，就觉得这个城镇无法满足彩也子，很希望她能够飞向更宽广的世界。不，那孩子一定会自己张开翅膀飞翔。

她用铁丝穿好每一朵花，用胶带包起，正在做底座时，门推开了。

——出事了，富士食堂着火了。

光稀不知道那是哪里。

——彩也子不是带着堂场家的久美香去了那里吗？

原来是在免费发放蛤蜊巧达汤和蛋黄酱鲜虾可乐饼的地方。光稀冲出作业室，发现街上挤满了人。从食堂那里逃过来的人和想去查看情况的人好像在那里会合，人潮蜂拥，形成了旋涡。

光稀一路叫着“借过，借过”，拨开了旋涡，跑向食堂的方向，在巷子入口遇到了更大的旋涡。想要逃走的人和想要赶去灭火的人挤成一团，结果堵住了小巷。这样不是会造成二度灾害吗？

——彩也子，彩也子！

她声嘶力竭地大叫着。

——妈妈。

光稀不知道自己是否真的听到了，但她觉得听到了彩也子的叫声，小巷内好像在挤凉粉似的挤出来几个人。那几个高中女生都系着花哨的围裙，其中两个人身上背着小孩子，分别是久美香和彩也子。光稀不知道彩也子为什么也被人背在身上，慌忙跑过去，发现彩也子的额头和双腿都流着血。

——我跌倒了，所以久美香也受了伤。

彩也子说话时忍着眼泪，整张脸都扭成一团，但久美香光滑白净的脸上不仅没有血迹，甚至没有擦伤和污泥。

——听说可以去花咖啡店处理伤口。

背着彩也子的女生说。不知道她是受了伤，还是沾到了彩也子的血。现在不能只关心彩也子，还有女生必须靠同学搀扶，才能勉强站着。

——谢谢，走这里。

光稀背起了彩也子，把那几个女高中生带到了花咖啡店。艺术村的人不再做生意，开始照顾受伤的人，听说有人拿着店里的灭火器冲去食堂，忍不住肃然起敬，只不过现在还是要优先处理彩也子的伤口。

光稀把彩也子放了下来，让她坐在旁边的椅子上，彩也子用力皱着眉头。

——她可能骨折了，最好不要勉强移动。刚才已经叫了救护车，躺下来等一会儿。

咖啡店的菊乃把一块大披巾铺在地上，光稀让彩也子躺了下来，也让另一个看起来伤势不轻的女生躺了下来。那个女生不知道是否隔着衣服碰到了热油，她缩着身体，不停地哭着叫痛。

——加油。

彩也子小声地对那个女生说。

光稀一直以为一开始就是高中生背着久美香逃离火灾现场，在“花咖啡”了解了当时的情况后，才知道原来彩也子在背着久美香逃走的途中跌倒了，同时在现场的两个高中生分别背着她们逃出来。

所以，彩也子在跌倒时无法用手支撑，额头才会受伤，而且膝盖上也承受了久美香的体重。

如果自己没有在作业室内做不凋花，在店门口招呼客人，也许可以在她们跌倒之前赶到现场。更何况周围有那么多大人，难道没有人伸出援手吗？在这个老年人居多的城镇，难道只有老人才受到关心，忘记了小孩子也很脆弱吗？

门打开了。

“彩也子的妈妈。”

光稀听到护理师的叫声后走进诊疗区，发现诊疗区用帘子隔开，彩也子坐在最里面的病床上，包着绷带的双腿放在地上。太好了，彩也子的腿还能弯曲。光稀松了一口气，但还无法完全放心，因为彩也子的额头也像绑头巾布一样，包了好几层绷带。

“为了避免贴在伤口上的胶带脱落，所以包了绷带，但只有一点儿擦伤而已，而且又是小孩子，伤口很快就会消失不见的。”

上了年纪的医生说。光稀向他深深地鞠了一躬。

“而且这个位置可以用刘海儿遮住，不必放在心上，对不对？”

医生最后转头问彩也子，彩也子对他笑了笑。医生说，如果是非假日，还会做脑波检查，但因为是向前跌倒，所以应该没问题，而且腿骨也没有异常。

“从膝盖的伤口拿出了碎石，在清洗伤口时，你也没有哭，对不对？”

光稀只是想象当时的情景，就感到不寒而栗。这么小的孩子，竟然能够忍住这么大的痛楚。有好几百个人来参加购物节，为什么彩也子会遭遇这么倒霉的事？

也许该吸取这次的教训，退出“小天使”。

即使如此，在彩也子面前，也不能一直露出沉重的表情，不能让她觉得自己是运气很差的人。

“彩也子，你太棒了，这是为了保护朋友而光荣受伤，你想要什么奖品？”

光稀面带笑容地说，因为无法抚摩她的头，所以双手摸着她的脸颊。

原本打算直接回公司宿舍，让彩也子好好休息，但彩也子说，皮包还在食堂那里，皮夹也在里面，于是母女俩一起回到了商店街。光稀也是空着双手冲了出来，所以必须回“小天使”一趟，而且也要去向“花咖啡”的人道谢。

她们在商店街的海岸入口下了出租车。彩也子离开医院时自己走路，但膝盖还是很痛，所以下出租车时皱着眉头。

“来，上来吧。”

光稀蹲在彩也子面前。

“不用了，我可以自己走。”

“没关系，这种时候就让妈妈背一下嘛。还是说，你已经变成小胖子，妈妈背不动了？”

“我才不是小胖子。”

光稀当然知道。

“我来确认一下，你让我背一下看看。”

停顿了一下，光稀的肩膀感受到彩也子手心的温度，彩也子有点儿迟疑地靠了过来，在她的体重完全压在自己背上之前，光稀就把手伸到彩也子的屁股下方，“嘿哟”一声站了起来。

“哇，哇哇。”

彩也子不知所措地叫了起来，但光稀感受到她的叫声中带着兴奋。老实说，彩也子比她想象中重，但还不至于无法走路。彩也子在背久美香时，双腿应该承受了更大的负担。

“那我们走啰。”

光稀迈着沉重的步伐走了起来。来到“花咖啡”时，菊乃跑过来问：“还好吗？”店里还有很多高中生，也有很多不知道是老师还是家长的大人。光稀问了彩也子皮包的事，得知留在食堂的东西全都集中寄放在隔壁的“花工房”。

澄玲在“花工房”内听说消防队员顺利灭了火，从车站侧入口到友谊广场所在的三丁目继续进行购物节活动，人潮却已经完全退去。

彩也子的皮包吸足了泥水，装在透明的塑料袋内交还给她们。虽然已经无法继续使用，但可以趁这个机会，买新的皮包和皮夹给她。彩也子坐在工房的椅子上接过皮包时，露出失望的表情看着光稀。

“我原本想集完所有的点。”

原来她在为这件事难过。光稀感到惊讶。

“彩也子，你今天绝对是一等奖。这家店里所有的东西都可以送你，你选一样自己喜欢的。”澄玲说。

光稀很感谢澄玲的好意，只不过澄玲也损失不小，但光稀无法拒绝。

“谢谢，但我原本想转那个嘎啦嘎啦。”

前半句是对澄玲说的，但彩也子中途回头对光稀说了后半句。光稀想了一下，立刻想到了好主意。

“那我们就在这家店买东西，妈妈的店可以为你盖四丁目的印章，其他店还在营业，我们可以去买东西，然后去转嘎啦嘎啦。”

彩也子露出满面笑容，充满欣喜的表情让光稀觉得刚才的笑容全都是硬挤出来的。

“那我帮你打折。”澄玲说道。

彩也子摇摇晃晃地从椅子上站了起来，巡视着店内。光稀很希望彩也子能够挑选澄玲的作品，但当着澄玲的面向彩也子说“你觉得这个怎么样”未免太失礼了。

“啊，有翅膀。”

彩也子走向陶艺品的陈列架，拿起前面的东西说：“我要这个。”“我看看。”光稀从她身后探头张望。那是一个像筷架般大小、翅膀形状的白色陶器，用蓝色的绳子穿起做成了吊饰，还附了一个银色的小铃铛。

“是不是很可爱？”

澄玲也走到她们母女身旁。的确很可爱，但两千日元的价格令人惊讶，忍不住觉得到底哪来的自信把价格定这么高。只不过彩也子很喜欢。

“那就这个吧。”

“妈妈，再买一个。”

光稀拿出皮夹时，彩也子对她说。

“我想送给久美香，我让她受了伤，要向她道歉。”

久美香并没有受什么伤，彩也子根本不需要在意，更何况是彩也子帮了她，但光稀又转念一想，当初是自己提出让两个孩子一起去领免费食物的。

“那就再买一个。”

光稀对澄玲说。彩也子兴奋地叫着：“赞啦！”她以前也会说这句话吗？光稀忍不住打量起彩也子。也许不是因为受伤的事，而是她很喜欢久美香。

“既然你们买两个，算三千日元就好了。”

光稀按照澄玲说的价格付了钱，背着彩也子走出店外，才想到忘了谢谢澄玲为她们打折，但她并没有太在意这件事。

来到堂场佛具店，菜菜子独自在看店，店里没有客人。菜菜子隔着玻璃门看到光稀和彩也子，瞪大了眼睛，走到门口来迎接。她一边拼命鞠躬，一边说着话，只听到她说：“刚才真的……”其他就听不太清楚了，但知道她对彩也子既感谢，又感到抱歉。

菜菜子说，她刚带久美香去睡觉，但久美香可能听到了她们的说话声，由爸爸背着来到店里。她已经换了睡衣。

“彩也子！”她很有精神地叫了一声，但可能看到彩也子包着绷带，于是一脸快哭出来的表情，把脸埋进了爸爸的后背。

“久美香，我有礼物要送给你。”

彩也子很有精神地说道，然后叫了一声：“妈妈。”从光稀的背上滑了下来。她走到久美香的面前，把紧紧握在手上的一个小纸袋交给了她。

“还送礼物，这怎么好意思……”

菜菜子诚惶诚恐地说。光稀用力摇着一只手说：“没关系，没关系。”久美香的父亲也微微鞠了一躬说：“真不好意思。”

“先不管火灾的事，这是你们今天成为朋友的纪念品，所以你收下吧。”

久美香听到光稀这么说，看着菜菜子，似乎在问她：“可以吗？”

“要说谢谢噢。”

久美香露出灿烂的笑容，对彩也子道谢后，打开了纸袋。

“哇，是翅膀。”

久美香把吊饰放在手心上打量着。彩也子也把自己的吊饰放在手心上，然后放在久美香的手旁。

“这是我们友谊的象征，只有一只翅膀是飞不起来的，但有了一对翅膀，就可以飞到任何地方。”

*

SICA：原来翅膀吊饰是友谊的象征。彩也子的这句话令人感动，听说她还写了一首很美的诗。

第三章

心花盛开

SICA：彩也子写这首诗时，妈妈有没有给她什么建议？

光稀：没有。每次当我想看看她的功课时，她都早就做完了，我甚至根本不知道她写了这首诗。

*

相场光稀一只手拨起彩也子整齐的剪到眉毛上方乌黑柔软的刘海儿，另一只手的手指画着圆圈，为彩也子额头的伤口擦着药膏，同时在心里默念着："快消失，快消失。"

彩也子去参加花咲购物节活动时遭遇火灾，额头擦伤了。光稀虽然为女孩子破相感到悲观，但同时乐观地想，小孩子的代谢能力很强，一个星期后，一定可以完全消失，不留下任何痕迹。但过了半个月，长达两厘米、像亚洲黑熊胸前图案的疤痕，仍然在额头表达自我主张，只是颜色已经变淡了很多。

和同年龄的女生相比，彩也子的皮肤就像刚剥好的白煮蛋般又白又光滑，所以疤痕看起来更加明显。

光稀每次看到电视节目力捧的那些童星，都觉得彩也子比他们可爱多了。如果不是住在这种乡下地方，而是住在大城市，彩也子一定会被星探相中。而且光稀有证据显示，并非只有自己觉得女儿可爱而已。

在彩也子还是婴儿时，光稀曾经三次把彩也子的照片寄去订阅的育儿杂志的出版社，其中有两次刊登在杂志的照片区。杂志每个月都会收到三百多张宝宝照，但每个月只刊登五张，而且连续两个月都上榜，应该就像通过了小型的甄选会。而且，彩也子不像同时刊登在杂志上的其他小孩那样，穿上了配合季节的服装，或是被放进小纸箱、纸袋里，设定有趣的情境，只是对着镜头露出了笑脸。

当时，丈夫明仁被派到静冈县工作，如果当时应征的地址在出版社所在的东京都内，或是东京的近郊，也许出版社会要求彩也子担任杂志的专属模特，所以她忍不住诅咒自己住在外县市。随着彩也子的成长，光稀渐渐发现她并非只有容貌出众而已。幸好这里虽是乡下，但城镇整体很重视教育，公司宿舍所在学区的那所小学的校长由民间人士，而且是以开发教材出名的前私立大学教授担任。幼儿园也输人不输阵，会定期邀请前奥运器械体操选手和在欧洲比赛中得奖的钢琴师担任讲师。

只要不去想模特或童星这些浮夸的念头，对彩也子来说，这里的成长环境很理想。

但是，五年前，当明仁说可能会调动工作时，光稀的内心忍不住感到雀跃。刚好在一个月前，住在同一个宿舍的同事调去东京总公司，刚搬了家。明仁满脸歉意地摸着彩也子的头说，虽然她很喜欢这里的幼儿园。光稀当时还鼓励明仁。

——你就当是为了彩也子调职。

——是啊，可以让她在大自然中健康成长。

明仁转过头，面带笑容地对光稀说了声谢谢。光稀也努力挤出笑容，但恐怕脸上的表情很僵硬，只是勉强将嘴角上扬而已，当时的表情一定很奇怪。

鼻崎町，不是离东京更远的乡下城镇吗？

正因为原本充满期待，所以也备感失望，但搬来鼻崎町之后，也就接受了，反正就是这么一回事。以前曾经寄照片去杂志社这种事，已经完全封存在记忆深处，但看到彩也子破相，就觉得失去了巨大的机会，忍不住怒火中烧。

“好了，擦完了。”

光稀用刚才为彩也子擦膏药的指尖，轻轻戳了戳彩也子的额头中央，然后把她的刘海儿放了下来。不能在彩也子面前露出自己在意疤痕的态度。

“谢谢妈妈，晚安。”

彩也子用双手捂住光稀刚才摸的地方，笑着向光稀道晚安后，走回自己的房间。光稀不需要问她“有没有刷牙”“明天的教科书准备好了吗”。无论有没有受伤，她都十点准时上床睡觉。想睡就直接闭上眼睛，不想睡的时候，就会看从学校图书室借的书，她从来不需要光稀操心。

明仁今天晚上也加班，但光稀并不会感到有任何不方便。订阅的时尚杂志《FLOWER》都会定期刊登驯夫特辑，有时候是吹嘘自己丈夫多会照顾孩子的炫耀大会，有时候则成为抱怨丈夫完全不帮忙的抱怨大会。光稀对这种特辑完全没有兴趣。

因为她向来不觉得育儿这件事有多辛苦，需要丈夫帮忙。

彩也子还是婴儿时，晚上会哭闹，也会在半夜突然发烧。彩也子读幼儿园时，光稀因为抽签抽到，担任了家长会的委员；上了小学后，也有星期天的教学参观日，但光稀向来都是一个人处理这些事。

她知道因为彩也子是一个不需要别人操心的孩子，自己才会这么想。彩也子是她引以为傲的女儿，无论去哪里都上得了台面。她甚至可以写上彩也子的优点去投稿，正因为这样，她无法接受今天报纸上的报道。

在把餐桌上的报纸丢到专门放旧报纸的架子前，她再度打开浏览。

地方版上报道了在町公所举办的颁发奖状典礼，表扬在花咲购物节发生火灾时，积极参与灭火和救助的人士，而且附上了很大的照片。商店街会长穿着衣襟上用泛黄的白色字体印着“乌托邦商店街义务消防队”

的褪色深蓝色短褂，身旁是两名穿着相同短褂的男子，总共三个人，还有分别背彩也子和久美香的两名高中女生也上了报。五个人把奖状举在胸前，露出满面笑容。

才不是你们这些人呢！光稀在心里嘀咕。听说最先拿着灭火器赶到火灾现场的是澄玲他们，而且也是“花咖啡”艺术村的那些人照顾了受伤的民众，更何况是彩也子背着不良于行的久美香逃出发生火灾的食堂的。

光稀当然知道为什么会变成目前这种情况。在购物节的隔天，这份报纸上刊登了两张参加购物节的民众拍的照片：一张是商店街的元老们穿着花哨的短褂、抱着水管的照片；另一张是两名背着小孩的高中女生踉跄着从小巷内冲出来的样子。光稀的背影出现在照片的角落。

如果必须表扬某些人，当然是出现在证据照片上的人，也可能是公所的人看到报纸的读者要求，认为的确必须表扬这些人士。如果光稀不是刚好在现场，而且高中女生背的不是自己的孩子，她也会称赞那两名少女的勇敢。

即使在了解真相之后，她仍然对表扬那两名高中女生没有意见，但她们在接受报社采访时，不是也应该提到彩也子吗？

“当时我们不顾一切地跑，根本没想到很重或是很累之类的事。”

难道她们说了很多，但记者只写了这句话吗？更何况这场火灾的始作俑者，不正是在食堂的厨房做事的高中生吗？

彩也子受伤真是太不值得了。

但是，彩也子并不这么觉得。光稀为了鼓励她，对她说疤痕越来越淡了，没想到彩也子每次都露出失望的表情，难道她觉得那是光荣的疤痕吗？

彩也子在购物节之后，每天都比之前更兴高采烈地去学校。也许是因为帮助久美香这件事，让她产生了很大的自信。

隔天早晨，一家三口吃早餐时，一只手拿着报纸的明仁叫了一声："哇！"即使他凌晨两三点回家，隔天上午都必须八点半上班，因此让全家人在一天之中，至少可以在早餐时间聚在一起吃饭。

"上面有彩也子的名字。"

彩也子似乎不知道是怎么回事，举着筷子，一言不发地偏着头。光稀以为是火灾的后续报道，说了声："给我看。"起身走到仍然坐着的明仁身旁，弯下了腰。"我也要看。"彩也子也放下筷子走了过来，母女俩站在明仁两侧看着报纸。那是读者投稿栏，在二十岁以下投稿者专区的"新叶箱"内，刊登了"相场彩也子"（鼻崎第一小学四年级）的名为《给我一对翅膀》的作文。

"太厉害了，你什么时候投稿的？"

"不知道。"

彩也子小声嘀咕道。最惊讶的似乎是彩也子本人。一问，才知道五天前的国文课上写了这篇作文。光稀这才想起第一学期刚开学时，曾经签了一份同意将学生课堂上写的作文和书法作品投稿到报社的同意书交给学校。

"太了不起了。"

明仁一只手松开报纸，用力摸着彩也子的头。彩也子耸起肩膀，整个人僵在那里，但渐渐从嘴角开始放松，慢慢露出了笑容。她为什么这么紧张？光稀感到不解，随即想到了原因。

彩也子可能不记得了。

彩也子小时候，明仁经常摸她的头。无论她搭了积木，吹了喇叭，或是画了画，明仁都满脸高兴地称赞她：“太了不起了。”然后用大手用力摸她的头。光稀以前很熟悉这样的画面，但现在才想到，已经好几年没有看到这一幕了。

今天可能是来鼻崎町之后，明仁第一次摸彩也子的头。

果真如此的话，彩也子可能真的不记得了。光稀看着明仁，忍不住想道：也许并不是只有自己已经习惯了彩也子的能干。既然那场火灾让我们发现了这件事，那代表并不是只有坏的一面。

光稀送他们父女俩出门时，再度摊开了报纸，仔细玩味着彩也子的作文。

给我一对翅膀

相场彩也子（鼻崎第一小学四年级）

我们班上正在练习《给我一对翅膀》这首歌，为参加合唱比赛做准备。就像歌中所唱的那样，如果可以许下一个愿望，我也想要有一对翅膀。

这对翅膀不是给我自己，我想要送给我最好的朋友久美香。久美香虽然还是一年级的学生，却因为遭遇车祸，两条腿不能走路，只能坐在轮椅上。如果久美香有了翅膀，即使遇到凹凸不平的路，或是狭窄的路，也都难不倒她，也不必在意阶梯了。

但是，我也觉得，就像鸟儿有翅膀一样，以前人类应该也有翅膀，只不过现在只剩下一只翅膀了。

这是上天传达给人类的信息，希望人类相互携手合作。

我的翅膀加上久美香的翅膀，我们两个人就能够一起飞翔。

大家的翅膀连在一起，就可以飞得更高、更远。

如果是这样，我真心希望每个人都能够发现，自己的心中有一只翅膀。

做完上午的家事后，光稀走到鼻崎乌托邦商店街。今天轮到她看店。来到“小天使”，发现新田里香和藤田真纪已经在做开店的准备工作。她们都是新的成员，虽然丈夫在八水工作，但因为都是本地人，并没有住在公司宿舍。

“虽然同样是八水人，但光稀和我们的层级不一样。”这句话是里香的口头禅。也许她是暗指职务津贴和住宅津贴的事，只不过彼此的丈夫在八水的薪水和待遇的差异与光稀无关，但光稀在说话时，还是特别小心谨慎。

以前店里的成员都住在公司宿舍时，到了午餐时间，能够相互轻松邀约一起去吃饭。当有人问她要去哪家餐厅时，她都毫不犹豫地回答当时想去的餐厅。但是，被目前的成员说和她们层级不同之后，就无法轻易邀她们一起去吃午餐，也无法提议去比较贵的餐厅，但如果提议去便宜的餐厅，对方会立刻露出不屑的表情。

最好的方法就是假装埋头工作，什么话都不说，但又想到既然如此，何必继续经营这家店，就不由得感到空虚。幸好在制作花的时候，心情可以平静下来。她草草向两个人打完招呼后，就把材料摊在收银台旁的作业台上。

“对了，光稀，你家订的是《每朝新闻》吗？”

正在用魔掸擦拭陈列架的里香回头问光稀。她要问“新叶箱”的事吗？光稀正打算故作平静地回答，正在把从家里带来的东西拿出来的真纪插嘴问：“报纸怎么了？”

“上面刊登了彩也子的作文。我想，也许你家订的是别家报纸，所以就剪下带来了。”

里香转头看着光稀说。

“谢谢，我家也是订的《每朝新闻》。”

里香听了光稀的回答，说了声：“那就太好了。”然后继续用魔掸打扫起来，真纪说想要看看，于是她就把剪报从皮包里拿了出来，放在作业台上。光稀谢谢她特地把剪报带来，里香笑着说：“我家只要有电视节目表就够了。”

“彩也子太厉害了。”真纪低头看着剪报说。

“是不是？她才四年级啊。如果问我家的孩子明年能不能写出这样的内容，我认为绝对不可能。”

里香斩钉截铁地说道，好像在说自己的事。

“身为家长，如果只是要求孩子照实写下真实发生过的事，还勉强能够提供一些煞有介事的建议，但没办法指导孩子写出这种充满想象力的文章。光稀，你都是怎么指导彩也子的？”真纪问。

“我完全没有指导她。”

“又这么谦虚。”

里香用手肘戳了戳光稀，但在她今天的举动中，感受不到平时的嘲讽。

“对了，”里香拉开作业台旁的椅子坐了下来，继续说道，“光稀，你想不想开不凋花的课？”

“我吗？”

听里香说，她认识好几个妈妈都想学做不凋花。听说还有人在“小天使”购买了光稀的作品后，也想自己动手制作，虽然和里香不是很熟，但还是向她打听了这件事。

“这里是乡下地方，也没有什么才艺教室，即使有，也都是针对老年人的课程，但我觉得大家可以每周上一次课，一边聊八卦，一边制作漂亮的不凋花。”

“但是，要去哪里上课？”

“这里就可以啊，只要调整一下陈列架，把作业空间扩大，应该可以开四五个人的小班。当然要收学费，我们可以更有效地利用这家店。”

“赞成，赞成。”

真纪用力举起一只手，然后拿着那张剪报说：“我觉得光稀很适合。”

“我行吗？”

自己制作和教别人制作完全是两回事，但光稀觉得很有趣，而且想起小时候曾经梦想成为学校的老师。

“那你要不要现在试着教我和真纪看看？”

里香平时就很喜欢拼贴布，真纪也很擅长串珠。

“刚好有材料，那就来试试。”

光稀把铁丝和胶带等材料放在作业台上，准备三个人一起制作一个放在直径五厘米的小型玻璃容器内的不凋花，平时在店里卖八百日元。真纪细心地把剪报夹在收银台旁的便条纸夹上，这让光稀产生了好感。

光稀说明了事先处理玫瑰和康乃馨等不同花朵的方法，里香和真纪平时有在做手工艺品，所以手指很灵巧。进行到把不凋花插进插花用的花艺海绵上时，她们的嘴角露出了笑容。

里香聊起了幼儿园园游会的事，渐渐聊到幼儿园同学的妈妈。里香和真纪的小孩是同学，今年读三年级，但因为她们都是本地人，即使听到陌生的名字，只要补充说明两三句，真纪就立刻知道："哦，原来是那个人。"

她们聊着谁谁谁有外遇了，谁谁谁的孩子霸凌谁谁谁的孩子，光稀完全不知道她们在说谁，但知道一件事，一旦自己惹她们不高兴，她们也会用这种方式议论自己。

光稀再次庆幸自己不是本地人。据她们说，正有外遇的太太在国中时，也曾经偷偷和老师交往。只要犯下一个疏失或错误，就会被议论好几年、好几十年。

"对了，光稀，我听到一个很不妙的消息。"

里香故弄玄虚地压低声音说道。光稀用力吞着口水，紧张不已，不知道她接下来又要说谁。

*

堂场菜菜子从放在副驾驶座的手提包里拿出镜子，照了照自己的脸。没问题，头发很整齐，脸上的妆也没有脱。这是理所当然的，因为她五分钟前刚确认过。

昨天，堂场佛具店的电话响起，澄玲约她一起吃午餐。澄玲说，购物节无法举办庆功宴，所以想找几个人一起吃饭。菜菜子问："是不是所有干事都会参加？"澄玲回答说，她只邀了菜菜子和光稀。菜菜子心想，也许她很在意久美香和彩也子被卷入火灾这件事。

如果是这样，菜菜子觉得自己才应该向她们道谢。星期四是鼻崎乌托邦商店街统一的休假日，即使白天出门也完全没有问题。

"我一定去。"菜菜子回答后，澄玲和她约在十一点半，在小丑西餐厅见面。

目前是十一点十五分，餐厅从十一点半开始营业。可以容纳四辆车的停车场内只停了菜菜子的小车，好像只有自己特别兴奋，虽然她是真的很期待来这家餐厅。她心不在焉地打量着餐厅的外观，思考着已经有几年没来这家餐厅了。

小时候，只要家里有事庆祝，就会来这里。

这是母亲喜爱的西餐厅，听说父母第一次约会时，就是来这家餐厅吃饭。父母的感情很好，但母亲在菜菜子读小学六年级时病故了。

如果母亲还活着，自己就可以像其他同学一样，向母亲倾诉各种烦恼，无论以前和现在都一样。

一辆车子驶入了停车场。开车的是光稀，澄玲坐在副驾驶座上。她们的关系已经密切到会相约同行的程度了吗？之前开会筹备购物节时，她们的关系似乎并没有这么好，也许在购物节结束之后，某一方特地去向另一方打招呼了。果真如此的话，应该是光稀去拜访澄玲。

火灾发生时，澄玲一马当先地冲去灭火，当两个孩子逃离现场不慎摔倒时，也是澄玲请两个高中生帮忙，还在“花咖啡”为她们处理伤口。也许是光稀特地登门道谢，也是那时候提到要一起吃午餐。果真如此的话，她们会不会觉得自己很没礼貌？因为久美香给大家添了最多麻烦。

——虽然很同情堂场太太，但每次约她，她都用久美香腿不方便为借口拒绝。如果她不喜欢，实话实说就好了，只不过她每次都用这种事当借口，所以让人想同情也无法同情她了。

她之前去国道旁的大型超市时，刚好听到了街坊在说这番话。她觉得自己认识的所有人应该都这么想，也许光稀和澄玲在路上也这么说过。菜菜子用力叹了一口气后下了车。

“菜菜子，让你久等了。你那么忙，还愿意抽空来吃饭，真是太感谢了。”

澄玲跑向菜菜子说。她的手上握着手帕。

“我没想到餐厅在山上，如果不是刚好遇到光稀，可能会昏倒在路边。”

说完，她折起湿掉的手帕，在脸前扇着风。光稀也下了车，一派轻松的表情。原来她们刚遇到。

澄玲事先打电话预约了餐厅，所以窗边最后方的餐桌上放了预约的牌子。这张餐桌也是菜菜子一家人的指定座位，窗外可以看到海岬和一片大海。结婚之前和修一一起来这家餐厅，之后就没有再来过。结婚之后，外食的机会减少，即使每年难得的几次外食，也都配合修一的要求，每次都吃烤肉。

澄玲和光稀面对面坐在窗边的座位，菜菜子在光稀旁边坐了下来，但视线还是很自然地看向窗外。

无论桌子和壁纸、夏卡尔的画，还是窗外的风景，以及餐厅内播放的小提琴古典音乐，都和以前完全一样。不，以前餐厅内有这么可怕的人偶吗？菜菜子对放在景观窗窗台上的玻璃小丑人偶产生了异样的感觉，但猜想可能因为店名也叫小丑，所以就没有多想。

“好棒噢，这里可以看到我家。”

澄玲探出了身体。前面有一座山，挡住了岬城的全貌，但似乎可以看到位于海岬前端的澄玲家。

“你们看，就是那栋白色的房子。”

那栋房子虽然不大，但菜菜子觉得很漂亮，很像是欧洲海边小城的房子。原本以为光稀会说出某个具体的地名，没想到她只是“哦”了一声，就看向那栋房子。

餐厅老板娘走了过来，为她们送上水，并递给每个人一份菜单。

“哎哟，菜菜子，好久不见，你又变漂亮了。”

老板娘好像亲戚的阿姨般亲切地打招呼，菜菜子微微红了脸颊，微笑着鞠了一躬。

“对噢，菜菜子是本地人，真好。”

澄玲翻开菜单时，一派轻松地说，但菜菜子完全搞不懂哪里好，最后认为一定是在说餐厅的人向自己打招呼这件事。

“光稀，你以前有没有来过这家餐厅？”

澄玲问光稀。

“以前和朋友来吃过午餐。”

“是噢，所以只有我是第一次。”

即使如此，澄玲也没有问她们有没有推荐的菜式。“有这么多菜式，真不知道怎么选。”她拿着菜单，从头到尾仔细看了起来。菜菜子合起菜单，放在桌子上，等她们两个人抬起头。

“对了，我们数一、二、三，一起指着自己想吃的菜。我讨厌那种原本想吃焗烤，却因为很花时间，所以配合大家一起点今日特餐，或是原本想吃好一点儿的肉，但因为比其他人点的贵五百日元，觉得还是和大家点差不多价钱的餐点就好这种事。”

光稀把摊开的菜单放在桌上提议道。

“我赞成。还有，不要等大家的菜都到齐了再一起吃，谁的菜先来，谁就可以先吃。”正在看菜单的澄玲也抬起头说。

“好啊。”

菜菜子在表示同意的同时，很庆幸这里是自己熟悉的餐厅，只是已经很久没来了。否则，现在的自己一定会慌忙打开菜单，于是就会被人发现，原本打算点和其他人相同的餐点。第一次遇到有人提出这样的提议。最后，菜菜子点了千层面，光稀点了酥脆拼盘，澄玲点了三肉组合。

三肉组合将炸牛排、姜汁猪排和炸鸡块装在同一个餐盘内，分量很充足。炸牛排的面粉内加入了餐厅老板独自研发的香草，炸鸡块的鸡肉预先用柠檬和大蒜腌过，但菜单上完全没有提这道餐点的特色。

“网络上说，来‘小丑’当然要吃三肉组合。”澄玲说道。

原来她不是凭自己目前的感觉挑选，而是事先上网查过。菜菜子有点儿失望，然后想起自己从来没有上网搜寻过鼻崎町。自己果然是本地人。

光稀、澄玲和菜菜子按照刚才的约定，料理送上来后，就先吃了起来。菜菜子喜欢吃焗烤类的食物，记得之前在其他餐厅和其他人一起聚餐时，也曾经好几次点了焗烤料理，然后对大家说：“不好意思，让大家都等我。”当时，大家都说：“没关系。”即使请他们先吃，他们也都笑着回答说：“等一下没关系啦。”但是，有一次菜菜子又点了焗烤时，听到有人叹气，好像在说：“真是不识相。”

那是久美香发生车祸之前的事，那次之后，菜菜子就不再出席类似的聚餐了。如果非参加不可，就决定和在场最有影响力的人点相同的餐点。

“看起来真好吃。”

千层面送上来时，澄玲和光稀异口同声地说。她们正在吃热腾腾的炸鲜贝和炸鸡块，但听起来像是真心话。

“这是我的最爱。”

没想到竟然有一天，可以毫无顾虑地吃自己最爱的料理。

不知道是不是刻意，在吃饭时，谁都没有提起购物节的事。光稀好奇地向澄玲打听艺术村内都住了哪些人，菜菜子不时附和几句。

陶艺家、画家、摄影师、染色家、小提琴制琴师、玻璃工艺师、人偶制作师，基本上听到头衔，大致能够想象这些人的创作内容，但不太能够具体想象空间设计师的工作内容。原来艺术村内住了各种不同领域的艺术家。

“制琴师纯先生的太太菊乃有厨师执照。”

菜菜子想起那个人的脸，知道就是之前在“花咖啡”照顾久美香的人。是否应该为火灾的事道谢？菜菜子正在找机会，光稀已经问了下一个问题。

“澄玲，你和宫原先生是什么关系？”

突然问这么隐私的问题好吗？菜菜子紧张起来，澄玲却一派轻松地露出了笑脸，好像早就猜到会被问到这个问题。

“我还是觉得用伙伴来形容我们的关系最贴切，我们相互刺激、相互提升，我想普通人可能难以理解，但我们不能靠艺术以外的事物结合。如果交出那张无聊的纸，就无法抵达想要追求的境界。”

“是噢……”

菜菜子只能小声附和，然后喝了一口水。自己和修一是靠什么结合在一起的？还来不及多想，眼前就浮现出了久美香的身影。久美香坐在轮椅上露出天真的微笑，是无可取代的存在……

“果然是专业的。对了，说到陶艺家，不是有一位小梅小姐很有名吗？”

光稀说了一个菜菜子没听过的名字。澄玲皱了一下眉头。

“好像有某本杂志介绍过她。光稀，没想到你竟然认识陶艺家，你对陶艺有兴趣吗？”

“不是，因为《FLOWER》杂志上介绍了这个人。我大学同学在那里的编辑部上班，所以我就订了那本杂志。杂志上介绍说，小梅小姐在制作陶艺品时会加玻璃粉，你做过这种作品吗？”

“我希望对泥土本身下功夫，基本上不加任何东西。”

“对了，彩也子送的翅膀吊饰也充分运用了泥土的感觉，作品很温暖。”

菜菜子总算能够加入她们的谈话了。

“对啊，所以我有一件事想要拜托两位。”

澄玲轮流看着菜菜子和光稀。今天似乎不只是为了庆祝购物节结束。请服务生收走了用完餐的餐盘，光稀和澄玲点了咖啡，菜菜子点了奶茶后，澄玲从绞染布的手提包内拿出了像明信片大小的东西。原来是过塑了的剪报。

“我看了前天的报纸，吓了一大跳。”

澄玲兴奋地说道。菜菜子不知道是怎么回事，可能自己家里订的报纸和她家的不一样。

“菜菜子，你不知道这个吗？”

不知道澄玲是否从菜菜子的表情中察觉了状况，把剪报放在她面前。菜菜子最先看到彩也子的名字，随即知道是彩也子的作文上了报。“彩也子真厉害。”她小声嘀咕着，迅速浏览起来，发现作文中竟然提到了久美香。彩也子救了久美香，竟然还送礼物给久美香，菜菜子之前对于收了吊饰的礼物感到很不自在，原来其中包含了这样的意义。菜菜子忍不住再度想象她们两个人逃离火灾现场的情景。不，在那之前，在经过人潮拥挤的商店街，走进小巷前往食堂时，彩也子就感受到久美香的不自由，希望能够为她做点儿什么。

“好美的诗。”

澄玲深感佩服地说。原来不是作文，是诗？菜菜子心想，但不管是作文还是诗，都写得很出色。

“对啊。”菜菜子也深深点头。

“好像是国文课上写的作文被老师拿去投稿了，彩也子好像比任何人都更惊讶。”

光稀回答时的态度并没有很谦虚。

“当然应该投稿啊，这么美的诗，应该让更多人看到……所以，我希望可以上传这首诗到我的网站上。”

澄玲架设了一个网站贩卖自己的作品，并在网站上名为“花咲消息”的博客写文章。

“有时候一天就有一千个人浏览。”

澄玲很有自信地说道。菜菜子没有写过博客，也没有看艺人博客的习惯，觉得对一个普通人来说，每天有一千人浏览应该算小有人气。她原本想对澄玲说：“真厉害。”但光稀似乎在想什么，并没有一口答应。

“我可以先看一下你的网站再决定吗？”

“当然可以。啊，早知道我应该带平板电脑来，不然也可以用手机看。”

“不，我回家后仔细看看。”

“那你记得搜寻HANASAKI烧，不是鼻崎町的‘鼻崎’那两个字噢。”

澄玲用手指在桌子上写了“花咲烧”三个字。光稀语带佩服地说：“感觉完全不一样了。”菜菜子看着眼前气氛和谐的两个人，忍不住纳闷，今天为什么要找我一起来吃饭？

“还有啊，”澄玲转头看着菜菜子的方向，“既然已经斗胆提出了这个要求，那就一不做，二不休，如果可以，我希望可以同时放上两个人的照片。”

“两个人？”

“彩也子和久美香。我相信看的人看到原来是这么漂亮的女生，也能够发挥更丰富的想象力。”

“但是，照片有点儿……”

菜菜子觉得这好像在昭告大众，自己的女儿是不良于行的孩子，更何况不知道谁会看到照片，也可能会遭到滥用。

“这件事可以让我考虑之后再决定吗？”

光稀语气坚定地说。菜菜子也用力点了点头。

“当然啊，你们愿意考虑，我就很高兴了。如果能够做成，我相信很多人能够受到鼓舞……久美香当初是因为车祸，对吗？”

澄玲有所顾虑地问道。菜菜子回答说：“是啊。”

“那件事超过分的。”光稀接着向澄玲说明了车祸的来龙去脉。菜菜子并没有告诉过光稀车祸的事，但因为当时报纸和电视都大肆报道，所以她也了解大致的情况。她的说明完全符合事实。

“原来是那起车祸，她一定很害怕，也很痛吧？但是，久美香整天都笑脸迎人，太了不起了……她的情况会改善，对吗？”

“怎么问这种问题！”

光稀打断了澄玲。她也认为问这种话很失礼。左邻右舍经常不负责任地问：“久美香什么时候可以走路？”和他们相比，澄玲问得很委婉，而且与其在背后凭自己的臆测随便发表意见，还不如当面问清楚比较好。菜菜子觉得眼前这两个人应该能够理解自己。

“现在还不知道她什么时候能够走路。我父亲是医生，所以靠关系带她去东京知名的医院做了检查，但医生说无法继续再做任何治疗，可能以后能够走路，也可能一辈子都这样。”

“原来这么严重，真对不起。”

澄玲垂头丧气地低下了头。

“你不必放在心上。久美香本身并没有像大人担心的那么沮丧，而且我和老公决定，要在她面前努力表现出坐轮椅生活更开心的态度，所以也不希望周遭的人同情她。”

“好，我知道了。但这么一来，我更希望能够将诗和照片传到博客上，也许有人知道哪里有好医院。东京的医院并不是绝对权威，而且，你们也没打听过国外医院的情况吧。光稀，你说呢？”

“是啊，我也希望能够尽力帮忙……”

光稀的回答很不干脆。菜菜子心想，也许她和自己都在意同一件事。

“你为什么这么在意？还是你怀疑即使放在我的网站上，也不会有太大的反应？花咲烧在‘花工房’的销量平平，在这个城镇的知名度并不高，但在网络上很受欢迎，尤其有很多订单都来自东京和横滨，我就是靠这个赚取生活费的。”

问题不在这里。菜菜子感到痛苦，但是，因为澄玲的同居人宫原健吾要求她不能说，她无法把那件事告诉澄玲。

“对不起，我并不是在意浏览人数这种事，你的网站上有没有放家或是家附近的照片？”

光稀字斟句酌地说。

“什么意思？”

“我希望你可以想到。”

“想到什么？”

光稀以为澄玲知道那件事。

“光稀，不能说！”

菜菜子在脱口说了这句话后，立刻后悔不已。这简直是在催促澄玲追问光稀到底是怎么回事。事到如今，只能做好心理准备，但菜菜子想起了身穿短褂的健吾看起来很亲切的消瘦脸庞，希望他不会知道是自己告诉澄玲的。

*

星川澄玲婉拒了光稀要送她回去的提议，独自沿着通往海岬的海岸线走回家。沿途没有民房，没有路灯。好不容易看到了房子，却是已经废弃的学校。她一直觉得“一无所有”是这个城镇的魅力，从“一无所有”可以创造什么？自己从来没有认真思考过这个问题，稀里糊涂地过日子，如今终于遭到了报应。

太阳还高挂在天空，“一无所有”这件事令人心里发毛，她情不自禁地加快了步伐，最后跑进了家门。

咖喱的味道飘到了玄关。今天轮到健吾下厨。她走进厨房，正在流理台前把莴苣切成细丝的健吾转过头。

“你回来了，这么晚才回来，看来聊得很开心啊。”

即使看到我的脸，他仍然这么想吗？澄玲没有改变脸上的表情，拉开餐桌旁的椅子，一屁股坐了下来。桌子中央的竹篓里装了很多甜豌豆，不知道是不是菊乃送来的她自己种的成果。澄玲把竹篓拉了过来，开始剥甜豌豆上的老筋。

“咦？难道发生了什么不愉快的事吗？”

健吾笑嘻嘻地问道。不愉快的事情可多了。

这次发生火灾时，明明是澄玲他们灭了火，结果却是完全没有发挥任何作用的商店街老人受到表扬。准确地说，是澄玲和三郎灭了火。三郎在那所高中当美术代课老师，所以请学生来帮忙。发生火灾时，因为面包粉不够用，所以他出门去买，但得知火灾的消息后立刻赶回食堂，要求食堂内的人赶快离开，自己拿起厨房内的灭火器开始灭火。澄玲赶到时，火势已经得到控制，澄玲也用自己带来的灭火器一起灭火。那时候就已经完全把火扑灭了。过了一会儿，那些老人才赶到现场。

然而，三郎和健吾都说不必计较这件事。因为外来人企划的购物节发生了火灾，本地人可能会要求以后别再搞什么奇怪的活动了，甚至可能会对艺术村的人敬而远之，但只要能够让在当地有影响力和号召力的人高兴，就可以避免最糟糕的情况发生。澄玲觉得也许有道理，只好接受了，但觉得那些老人至少应该穿上为这次活动特别准备的短褂去领奖。

因为我平时制作陶艺品，所以并不害怕火，但一心希望能够保护来参加购物节的人……她对甚至想好了这些感言的自己感到生气。

不光是这件事。既然那两个高中生受到表扬，不是应该先表扬彩也子吗？她不顾自己这么矮小，竟然背着久美香逃离食堂。这个城镇的人只看到自己周围半径三米以内的事物。

而且，那天自己在窑内工作时，琉璃子特地拿了一本厚厚的时尚杂志来找自己。

——澄澄，上面介绍的陶艺家和你同一所大学毕业，你们的年龄也很相近，我想搞不好你也认识。

澄玲不理会她，转动着辘轳。琉璃子翻开杂志，递到澄玲面前。

——不认识，我们学校有很多学生。

澄玲瞥了杂志一眼，立刻将视线移回辘轳，但觉得心被用力揪紧，全身好像都在冒汗。怎么可能不认识？那个人叫小梅，是同一届的同学，但在学生时代，从来没有听说小梅的作品受到好评，她是因为成为时尚杂志的素人模特而出了名，所以澄玲也听过她的名字，知道她的长相。

琉璃子一脸无趣地留下杂志离开了，但澄玲已经没有心情继续转辘轳了。杂志上用两张彩页介绍了小梅和她的几件作品，同时刊登了采访她的内容。小梅和当素人模特时一模一样，露出“我本身就是作品”的自信笑容，落落大方地摆出拍照的架势。

杂志上介绍的作品是花瓶、平盘和啤酒杯，都是浸了黑色釉药，撒上五彩缤纷的玻璃粉之后烧出来的作品。澄玲忍不住骂了一句，简直就像老派的都市霓虹灯，但报道中形容她的作品就像童话绘本中出现的幻想星空，而且说她受邀参加三个月后在意大利威尼斯举行的艺术节。日本睽违七年，再度参加这个艺术节，而且她成为第一位受邀参加的日本女性。

澄玲的膝盖颤抖，无法顺利站立。难道自己对这个从来不曾想起的人产生了嫉妒吗？只因为是同一所大学的同学？两个人从来没有比较过彼此的作品，也不曾为喜欢的男人争风吃醋，但为什么心里这么不平静？

总之，这样可不行……

隔天的早报让她看到了一线光明。昨晚可能磨了一整晚的牙，她转动着僵硬的脖子走进厨房时，健吾正在看报纸。澄玲每次都只看电视节目栏和广告，然后随手翻一翻，看几篇自己关心的内容，但健吾每天早上都会从第一篇看到最后一篇。

看报纸可以发现世界上有太多自己不知道的事。虽然健吾这么说，但澄玲觉得没必要知道所有的事，只要知道对自己有用的事就好。

——鼻崎第一小学四年级的相场彩也子，会不会是购物节干事相场太太的女儿？

健吾看着报纸说。澄玲立刻想起了彩也子的脸。难道她终于受到了表扬？她头上包着绷带的样子令人心疼，真希望有一些可以让她高兴的事。

“这里。”健吾把摊开的报纸放在餐桌上，指着左上角说。在读者投稿栏内刊登了彩也子的文章。

翅膀……澄玲想起彩也子买了两个翅膀的吊饰。当时她说要把另一个送给别人，没想到她解释为两个人拥有一对翅膀，就可以飞翔。

这首诗太棒了。纯真的孩子能够如此深刻地体会到自己想要借由作品表达的想法，她忍不住热泪盈眶，报纸上的字也模糊起来。

希望可以把这首诗放在网站上。对了，如果把两个女孩的照片一起上传，不是更能够想象作品想要传达的信息吗？光稀和菜菜子一定会欣然同意。没想到……

“你是芝田吗？”

竹篓前有一堆老筋和已经剥掉老筋的甜豌豆。澄玲对着残骸、对着那一堆老筋说道。

“……啊，佛具店的老板娘还是告诉你了。”

健吾在对面坐了下来，伸手拿起竹篓里剩下的甜豌豆。“我就知道。”澄玲小声嘟囔。虽然是光稀告诉她岬城曾经发生命案的事，她说没想到澄玲不知道，还满脸歉意地为自己的神经大条道歉。澄玲更在意菜菜子的反应，她知道澄玲不知道这件事，原因显然在自己家里。

“问题不在于她还是告诉我了，重点是你为什么没告诉我。”

“我并没有刻意隐瞒。”

“既然你无意隐瞒，不是应该一开始就说吗？”

“如果我说了，你就不会来这里吗？”

这就很难说了。如果没有来到这个海岬，也没有看到房子，只是从电子邮件或健吾说的话中得知这里虽然是一个很适合创作的环境，但是发生过命案，应该会断然拒绝。如果来这里的第一天就得知这件事，会转身就离开吗？会沿着可以看到大海的坡道往下走，频频回头看向海岬，最终还是决定离开吗？

“应该还是会住在这里。”

“对不对？更何况到底哪个范围算是命案现场？在别人眼中，整个鼻崎町都是命案现场，但大家不都过着正常的生活吗？界线到底在哪里？虽然我不知道你听了会不会稍微好过一点儿，但至少这栋房子的范围不是命案现场，因为我特地避开了。”

“正确的地点在哪里？”

“我不会告诉你的。”

澄玲从健吾的回答中知道，应该已经有人住在那里了。岬城共分成十个区块，目前有五个区块建造了房子，如果是目前还没有售出的空地，健吾根本不需要隐瞒。

“除了你以外，没有人知道这件事吧。”

“怎么可能？虽然这里的土地价格很便宜，但也不是默默无闻的艺术家能够一下子用现金买下来的金额，毕竟是一笔很大的开支，事先当然会调查是怎样的地方。”

据澄玲记忆所及，所有的住户都是夫妻一起搬进新家，只有自己是在别人建好房子之后才搬进来。所以，只有自己一个人不知情吗？澄玲暗自思考着。等一下，果真如此的话，发生命案的区块应该不会有人居住。

“而且，正因为是这种地方，所以才能够在这种乡下地方不受本地规矩的束缚，成为艺术家的理想国。”

澄玲也同意这一点。在准备举办购物节时，除了公所和商工会议所以外，商店街的会长太太还告诉他们，最好带着伴手礼去拜访这个人、那个人，还有那个人，他们实际也登门去打了招呼。虽然那些人算是本地的名人，但并不了解他们具体完成了什么伟业，而且也并不是每个人都对他们表示欢迎。有人再三叮咛，千万不能影响鼻崎町的品格；也有人冷笑着说，原来你们是艺术家；更有人恳切地对他们说教，问他们有没有自信保管如此重要的钱。

通过这次购物节，澄玲深刻体会到，平时不需要和这些人打交道是多么轻松的一件事。虽然之前有人上门抱怨，因为她烧窑释放的烟雾，让洗好的衣服不容易干，但仍然无法影响她认为这里是最理想的地方的想法。她之前就做好了心理准备，艺术家会被人视为怪人，但如果除了这一点以外，被人戴着有色眼镜看待，还是会很不舒服。

“但是……”

“别人说了什么吗？”

“似乎有人误以为我们为了出名，特别挑选这种发生过命案的地方居住。事实上，也的确有些自称是艺术家的恶劣人士，把作品放在事件和车祸现场，然后上传到网络上，之前电视上不是曾经抨击过这种行为吗？”

“如果有人这么想，不要管他们，只要传达给能够了解的人就好。你再去看看前天的报纸吧。”

健吾拍了拍手，把已经剥完老筋的甜豌豆放在变空的竹篓内。澄玲也把自己剥好的甜豌豆放了回去。就连最理解自己的彩也子的家长，也对自己的提议面露难色。

“稍微烫一下，趁热蘸蛋黄酱吃。”

健吾用锅子烧开水。澄玲觉得这是健吾拉起了黄线，禁止自己继续进入的意思。只要感受到这条黄线的存在，澄玲就无法问健吾，到底是否准备将那张无聊的纸交到公所。事到如今，也不好意思说自己不饿，她说了声“我先去换衣服”，就走出了厨房。

“我还要一碗。”

澄玲把吃完的咖喱盘子递到健吾面前。虽然负责下厨的人不需要负责添饭，但澄玲心情很愉快，忍不住这么要求。

“只不过相差半个小时，到底发生了什么事？”

健吾很受不了地问，但还是起身为她去添饭和咖喱。澄玲吃了三个甜豌豆。她直到前一刻才知道，原来刚才没有食欲，并不是因为吃了三肉组合。

回到房间，换好衣服后，澄玲从手提包里拿出手机，发现光稀传来了电子邮件。

“今天谢谢你邀我吃午餐，彩也子作文和照片的事都没有问题，很希望可以上传到你的博客。你的博客太棒了，我为自己原本产生的误会感到羞愧，简直怀疑你和我并不是住在同一个城镇。在你眼中看到的鼻崎（花咲）町充满了魅力。”

澄玲连续看了两遍，在兴奋得手指快要发抖之前，直接打电话给光稀。光稀又说了和电子邮件中相同的话，而且告诉她，是彩也子促使她下了决心。

光稀在客厅用电脑看澄玲的网站时，彩也子放学回家，看到网站上有和光稀为她买的吊饰相同的翅膀吊饰，问为什么会看这个网站。光稀决定征求彩也子的意见。因为作文是彩也子写的。虽然知道澄玲的网站不会让人联想到那起命案，但还是不能未经彩也子同意，就让澄玲传到博客上。

当光稀把澄玲的要求告诉彩也子时，彩也子说，很希望能够传到博客上。她双眼发亮地问，这样一来，是不是住在很远地方的人也可以看到？得知澄玲还希望上传她们的照片，彩也子立刻打电话去了堂场佛具店，说服了菜菜子，久美香似乎也很高兴。

“原来是这样，你回家的时候，她们还没答应。”

健吾边吃咖喱，边对澄玲说。

“是啊，但能够得到她们的理解，真是太好了。既然机会难得，我想请她们来家里，然后让她们站在窑前拍照。”

虽然她接受了自己和健吾之间是了解彼此艺术性的最佳伙伴，但她内心觉得这里是健吾的房子，自己只是住在这里。

“很好啊，可以去海岬尽头那里，在那一带，无论从哪个角度拍，都可以拍出很美的画面，可以让她们好好玩一玩啊。对了，既然有专家在，不如请阿班为她们拍照。”

“好主意！”

岬城的朋友。鼻崎町的朋友。她觉得挡住水路的大岩石开始慢慢松动，将流向更远、更宽广的大海。

*

澄玲：将诗和照片上传到博客后，获得了超乎想象的反应。起初引起了像久美香一样必须靠轮椅生活的人和那些人的家长的注意，而且受到彩也子精彩诗句的影响，几乎所有人都订购了一对翅膀吊饰。

SICA：不瞒各位，我也买了一对，请不要问我把另一个送给了谁（笑）。听说通过网络收到的并不是只有订单而已。

菜菜子：是啊，全国各地的朋友都留言鼓励久美香，甚至有的孩子情况比久美香更严重，让我们开始思考，是否有能够为他们做的事。

SICA：所以你们成立了“克拉拉的翅膀”？

澄玲：是啊。我们决定将一部分收入捐赠给支持轮椅族的团体。

SICA：正如诗上所写的，是希望只有一个翅膀的大家携手合作，才成立了这个团体。请问这个名字的由来是?

光稀：在鼓励的留言中，有人将两个孩子比喻成《阿尔卑斯山的少女》中的海蒂和克拉拉。虽然她们两个人的年龄和故事中的角色不一样，但的确很像是她们两个人的关系，所以就借用了克拉拉这个名字。

澄玲：也有人说，海岬的那片花田，就像是阿尔卑斯山的风景。

SICA：可见大家渐渐爱上了那个地方，我也希望有机会目睹！希望各位今后更加活跃，我也会继续支持各位。今天非常感谢各位。

第四章

为谁而长的翅膀

“你有没有听说那个传闻？”

“有人在这里看到了遭到通缉的凶手那件事吗？”

“没错没错，就是‘你是芝田吗？’的那个人，他原本不是八水的员工吗？所以，即使只是远远地看到，认识他的人还是能够认出来。而且听说有好几个人都看到了。”

“好可怕。这代表凶手回到这里了，不是吗？但是，他为什么要回来？时效不是还没过吗？咦？命案的追诉时效已经过了吗？”

“这也是我听其他妈妈说的，听说他是回来找金子的。”

“什么意思？”

“被他杀害的那个什么爷爷好像很有钱，他生前把一部分财产拿去买了金子，放在家里的保险箱里。命案发生后，死者家属检查了保险箱，发现金子全都不见了。”

“但是，那个爷爷并不是在家里遇害，而是在海岬遭到杀害，不是吗？”

“所以，不知道是遭到勒索，还是被骗了，那个爷爷可能在海岬把金子交给了芝田。那种地方，不是很像会发生这种事吗？结果交出金子之后，就遭到杀害了。可能金子比想象中更多，或是更重，芝田把全部或是一部分金子藏了起来，没想到很快就被发现是凶手，所以他就匆忙逃离了这里。”

“原来是这样。他以为过了五年，大家都忘记了，所以又回来了。”

“不是啦……”

*

购物节的五个月后——

堂场菜菜子合上了专门收藏报纸和杂志剪报的资料夹。在资料夹发出啪嗒一声像是漏气的声音的同时，她忍不住叹着气。

以前觉得上报是一件光荣的事，或许能够毫无顾忌地感到高兴。菜菜子读小学时，曾经在全县的书法比赛中得奖，她的名字出现在报纸的角落。母亲把报纸剪了下来，夹在记事本内，接下来的好一阵子都一直带在身上。除此以外，还买了三份刊登了菜菜子名字的报纸，一份留下来保存，另外两份分别寄去父亲和母亲的老家。只不过是名字出现在报纸上，就这么郑重其事，如果母亲现在还活着，不知道会有多高兴。

如今，不光是久美香的名字出现在报纸上，甚至有她全身的照片。而且，不光是地方版的报纸而已，久美香甚至利用暑假去了东京，接受了知名时尚杂志的采访。听澄玲说，电视台也希望能够采访她。中午过后，澄玲用电子邮件通知了菜菜子这件事，似乎理所当然地认为菜菜子会同意，但菜菜子打算婉拒。

如果早三四个月听到那场演讲——

菜菜子昨天去听了一场关于网络世界的演讲，那是第二学期的家长会活动。大部分参加者都是高年级学生的家长，菜菜子有点儿后悔，觉得自己不该参加。但久美香有手机，而且光稀因为要看店，无法去听演讲，拜托菜菜子听了之后，和她分享演讲的内容。新开的店似乎并没有遵守商店街的固定休假日。因为这样，所以她还准备了笔记本，认真听了题目为《保护孩子免受网络世界威胁》的演讲。讲师是非常熟悉网络问题的男律师，年纪和菜菜子差不多。

前半场都在谈论社群网站上遭到排挤和霸凌的问题，菜菜子对这些问题没有太大的兴趣，因为久美香几乎只和菜菜子联络。上个月开始，光稀的女儿彩也子也有了手机，她们似乎相互传电子邮件，但光稀规定彩也子晚上九点之后就不能用手机，所以久美香的手机在九点之后也没有响过。

随着演讲的进行，菜菜子有一大半的内容都听不懂。

——久美香，你也可以换智能手机啊。

之前听到彩也子对久美香这么说，菜菜子甚至搞不懂换智能手机有什么好处。

——有没有人曾经把照片上传到网络上？

菜菜子精神渐渐涣散，准备打瞌睡时，讲师提高音量问的问题传入了菜菜子的耳朵。她想到久美香的照片上传到澄玲网站上这件事，重新拿起放在腿上的笔记本和笔，认真听了起来。

在上传的时候，是否知道任何人都可以看到这些照片？有没有想过照片可能遭到滥用？一旦上传，即使之后删除，也无法百分之百从网络的世界消失，会持续在网络上流传好几年。曾经有公司在甄试时，在网络上搜寻所有报考学生的资料，结果有人因为以前在网络上留下的记录而落榜。如果真的做了什么坏事，那也只能自认倒霉，但也发生了多件当事人根本莫名其妙的例子……

菜菜子不由得紧张起来，无法顺利写字。万一久美香以后也遇到相同的事怎么办？目前这种可能性已经不再是零了。她不由得为当初轻率地认为没有多少人会看澄玲的网站这件事感到后悔。她做梦都没有想到，在上传久美香的照片和彩也子的照片后，吊饰竟然会卖得那么好，而且上了报、上了杂志，如今到底有多少人看过久美香？

澄玲身为陶艺家，或许没有太大的能耐，但她可能很有经营头脑。菜菜子想起光稀不久之前说的这句话，她打算和光稀商量之后，一起婉拒上电视这件事。虽然现在可能为时已晚，但也希望澄玲把网站上的照片删除。

在此之前，菜菜子都尊重久美香的意见。当初也是久美香说想要接受采访，菜菜子觉得这虽然看起来像是家长开明的行为，但其实只是放弃了身为家长的责任。每个小孩听到有媒体要刊登自己的照片，都会感到高兴。这件事本身并没有问题，但家长必须预测到未来可能会发生什么事，一旦可能有危险，就必须加以阻止。这是身为家长的责任。

之前觉得久美香高兴最重要，但如果为了今天的笑容，日后必须承担欲哭无泪的风险，那就是本末倒置。自己可以一直守着这家佛具店，丈夫修一也说，等到婆婆失踪满十年，就要结束营业。虽然修一或许不觉得上了年纪的母亲离家出走之后还会回到这里，但可能想要做一个了断。只不过如果是为了他的母亲留下这家佛具店，菜菜子就变成在为婆婆看这家店。其实她也没有为这家佛具店费多少心思，所以对这件事也不至于有什么不满。菜菜子再度发现，自己对自己的事并没有太大的兴趣。

重要的是久美香。虽然她的腿不方便，但她的人生充满了无数可能性，希望她将来能够实现自己的梦想。

“久美香，十二减五不是七吗？你的算术真的很差耶。”

里面房间传来彩也子的声音。彩也子在放学后不上才艺班的日子，每周有三天会来这里。当菜菜子去学校接久美香时，彩也子也站在久美香身旁。久美香兴奋地对菜菜子说：“我们要一起写功课。”菜菜子也就高兴地带彩也子一起回家。光稀来菜菜子家接彩也子回家时说，小孩子和小孩子在一起，果然会比较开心。无法为久美香生下弟弟妹妹的菜菜子也觉得多亏有彩也子陪久美香。彩也子很有礼貌，也不会把房间弄乱。

她从来不会帮久美香写作业，久美香有不懂的地方，她都会耐心教导，菜菜子不再需要检查久美香的作业。但是……菜菜子内心不时感到不安。坐在店内，无法清楚地听到她们在客厅的对话。之前听婆婆说，这是因为不希望失去重要亲人的客人来店里时，听到客厅传来的笑声或电视中搞笑节目的声音，特别加强了隔音，但如果客人走进店里打招呼“有人在吗”的时候也听不到，就很伤脑筋，所以只要打开客厅的门，就可以听到店内的声音。

每次都是在彩也子教久美香功课时，才会听到彩也子说话的声音。虽然彩也子应该不知道隔音门的事，但因为门打开着，所以彩也子很可能想要让菜菜子知道她在教功课，才特别提高音量。菜菜子对这件事感到很不舒服。

彩也子比久美香年长三岁，对久美香来说很难的问题，在彩也子眼中当然会很简单。而且，菜菜子不希望久美香觉得自己算术很差。菜菜子从来不觉得久美香的算术很差，这种事不值得生气，也不值得特别提醒，是否该委婉地对她们说，浪费时间太可惜，先好好玩，晚上再做功课就好？

这些话并不是今天才想到，几个星期前，就已经在脑袋里了，也曾经在送点心给她们时，脱口说道：“我觉得……”但最后把后半句话吞了下去。因为彩也子额头上的疤痕阻止她继续说下去，于是只能言不由衷地说：“我觉得你们看起来真的像姐妹。”彩也子露出满面笑容，转头看着久美香，久美香也露出灿烂的笑容。这样就好。菜菜子只能告诉自己放弃。

“彩也子……你自己也不会啊。”

没想到客厅传来久美香反驳的声音。菜菜子竖起耳朵，不知道她们到底不会什么，但她们两个人说话都很小声。

嘎啦啦。店里的拉门打开了。

“午安。”光稀走了进来，“不好意思，经常麻烦你。”

光稀每次都这么说，然后交给她一个纸袋。

“这是糖渍橘子，带给你尝尝。那是我学生时代打工的餐厅推出的商品。”

光稀每个星期都会带一次礼物上门，几乎都是东京知名店家推出的商品。菜菜子起初对光稀说，彩也子来的时候，只是请她吃家里现成的点心，请光稀不必这么客气。光稀一派轻松地说，她上网订购自己想吃的东西，只是顺便拿来和菜菜子分享，菜菜子便觉得用轻松的口吻道谢后收下比较好。

“谢谢你，那我就不客气了。”

只不过她不知道光稀是否了解她的这种想法。光稀看向店内深处，正想叫彩也子出来。

“光稀，请等一下，我有事想和你商量一下，你现在时间方便吗？”

“我完全没问题，我老公今天也要加班。”

“那就坐一下。”菜菜子请光稀在客人用的椅子上坐下后，立刻用后方的电热水瓶泡了两杯红茶，看到光稀喝了一口之后，开口说了起来。

“关于电视采访的事，是不是拒绝比较好？”

虽然光稀之前对她说，说话不必这么拘谨，但在谈正事时，她不知道怎么放松。她就像准备劝说社团的学姐婉拒下一次比赛一样，满脸紧张的神情，把在演讲时听到的内容告诉了光稀。

“一旦上了电视，小孩子的影像不是会被传到那些影片的网站吗？”

“那有什么关系？”

菜菜子额头冒着汗，好不容易说明了演讲的内容，但光稀似乎完全没有理解。

“你的意思是，以后彩也子找工作时，人事部的人可能会看到这些影片，也可能看到报纸上的报道，对不对？老实说，我甚至更希望之前《FLOWER》的报道也可以传到网络上。”

“但是万一遭到滥用呢？”

“或许会有遭到滥用的情况，但正因为这样，更必须增加正确报道她们在做好事的内容啊，难道你不这么认为吗？菜菜子，你想得太多了，凡事都要用正面的态度看待。如果我是公司人事部的人，一定会充分肯定她们目前所投入的活动。接受采访反而有可能对孩子们的将来有正面帮助。”

菜菜子喝着冷掉的红茶。因为不这么做，她会情不自禁地叹息。光稀说的也有道理，不光是毕业后参加公司招考，之前听说考大学时，曾经参加公益活动的学生也比较有利，只不过她没有自信可以理直气壮地说目前从事的是公益活动。澄玲虽然说把吊饰的一部分营业额捐出去，但并不知道捐给哪个团体，也不知道捐了多少，甚至不了解营业额的明确数字。

因为菜菜子和光稀一分钱都没有拿到。

“对了，你说的电视采访是？”

“详细情况要问澄玲才知道。”

“好啊，但我完全了解你的担心。我会向我的朋友了解一下，哪一家媒体值得信赖，以及该注意哪些问题。”

原来光稀完全了解了。菜菜子松了一口气，看着光稀。

“那就麻烦你了，因为你有很多很厉害的朋友。”

“都只是上班族而已啦。”

光稀说完，对着后方大声叫着：“彩也子！”

光稀和彩也子刚离开，修一就下班回家了。菜菜子白天煮好了咖喱，只要热一下就好。修一穿着八水的工作服，走进飘着线香味的客厅，对久美香说：“洗澡啰。”久美香今年上小学后，就由她负责傍晚时为佛坛点上线香，修一现在应该正走到佛坛前，双手合十祭拜祖先。久美香正在看教育电视台的动画节目，这是她每天的乐趣之一，所以用撒娇的声音回答：“快结束啦。”

“爸爸每次都看到你在看电视，功课做好了吗？”

“早就做好了。”

“哦，真厉害啊，久美香这么爱读书。”

“但我的算术很差。”

菜菜子停下了正在搅动锅子的手。

“是吗？原来你像爸爸。久美香，对不起啊。”

修一说完，可能伸手去搔久美香的痒，久美香呵呵地笑了起来。

“久美香的算术没问题啊！”

菜菜子关上瓦斯后，挡住了电视，站在他们父女面前。修一和久美香都一脸错愕地看着菜菜子，好像在说：“你干吗这么认真啊？”客厅内的空气很尴尬。

“不是有所谓的言灵吗？说自己某方面不行，就会真的变成那样……”

虽然菜菜子用开朗的语气掩饰，但久美香移开了视线，小声嘀咕着什么。菜菜子隐约听到她在说，因为彩也子这么说啊。

“对啊，怎么可以说自己不行呢？为了加强你的数学，今天不要从一数到一百了，我们来算五道加法题。”

修一用力抱起久美香，久美香“啊”地尖叫着，脸上恢复了笑容。

“不可以出答案超过二十的问题。”

久美香对练习计算题本身并没有意见。菜菜子想象着如果修一不在，和久美香两个人坐在餐桌前聊到这个话题时的情景，不由得叹了一口气。

菜菜子带久美香上床睡觉后，和正在喝啤酒的修一讨论了接受电视采访的事。

“没有洋芋片了。”

修一向来用零食当作下酒菜，家里买了不少小包装的洋芋片，菜菜子想起最后一包在今天傍晚拿给久美香和彩也子当点心吃掉了。这种时候家里偏偏没有剩菜，也没有商店街的人送的酱菜。

“对了，我记得光稀今天送了……”

菜菜子从光稀给她的纸袋里拿出一个包装精美的小盒子，原本听到糖渍橘子时，以为是像泡菜之类的东西，但打开盒子一看，发现长瓶子里装了三个完整的橘子，浸泡在糖水中。

“橘子吗？所有罐头食品中，我只是不吃橘子。”

“但听说是东京的餐厅推出的商品，应该和普通的罐头不一样吧。光稀以前在那家餐厅打工。”

姑且不论适不适合配啤酒，菜菜子准备了两个玻璃容器，各装了一个橘子，剩下的一个给久美香明天早上当甜点。修一用叉子叉起橘子，大口咬了一口。

“和普通的橘子罐头味道一样啊。”

菜菜子用叉子把橘子分成四等分，把其中一块送进嘴里。她有十多年没吃橘子罐头了，好像真的就是这个味道。但如果说出口，就好像在说光稀的坏话，所以点了点头，表示本来就是这样。

“电视采访的事，你觉得怎么办？”

昨晚已经把演讲的内容告诉了修一。

“我也觉得不要接受采访比较好，差不多该退出了，已经有人在背后说这是在利用久美香的车祸。”

“有人这样说吗？”

“虽然我没有亲耳听到……”

修一把剩下的橘子塞进嘴里，皱着眉头说：“好甜。”

“人怕出名猪怕壮，这是乡下地方的常识。”

*

相场光稀确认了手机和电脑的邮件信箱，发现并没有来自澄玲的邮件。她完全不知道电视采访的事，看到彩也子走进自己的房间后，她写了邮件给澄玲。

“不好意思，最近因为不凋花的教室很忙，无法和你保持联络。菜菜子告诉我关于电视采访的事，我非常赞同。菜菜子似乎很犹豫，我们一起说服她，最近要不要找时间一起吃午餐？”

确定邮件的措辞应该不会让澄玲觉得在责怪她先告诉菜菜子后，光稀按下了寄出的按键。澄玲通常会在一分钟以内回复，但菜菜子总是要等数十分钟乃至数小时后才回复，有时候甚至半天都等不到她的回复，难怪澄玲会先和她联络。也可能澄玲猜想光稀一定会答应，所以打算确认菜菜子的回复之后，再一起告诉光稀。

光稀把手机放在桌上，去厨房泡红茶。不知道菜菜子有没有吃糖渍橘子。彩也子在晚餐后吃糖渍橘子时，对着整个橘子咬了一口后，放下了叉子，双手摸着脸颊。

——好吃得连脸颊都快融化了。

孩子气的动作让光稀不禁莞尔。这和超市卖的便宜橘子罐头不一样，当然好吃啊。她觉得菜菜子至少应该说一句类似的话才对。虽然菜菜子接受礼物时会道谢，但之后从来没有听她说过“很好吃”或是“久美香也很喜欢”之类的话。

她单手拿着茶杯回到客厅，澄玲还没有回复，可能刚好在洗澡。光稀打开笔记本电脑，开始订购不凋花的材料。当初听说有很多人想学时，她还有点儿半信半疑，但在商店街的网站张贴了课程介绍后，五个名额当天就报满了，而且还有二十多人想要报名，还有人说，如果这次没报上，希望可以预约下一次的课程。最后决定每个星期开三堂课，一直持续到现在。

她已经习惯同年代的女人叫她“光稀老师”。

——光稀老师，我看了《FLOWER》的采访，你太厉害了。

不知道有多少人对她说过这句话，但她的回答都千篇一律。

——我学生时代的同学在《FLOWER》的编辑部上班，所以刚好找上我。

然后，又会开始聊实际见到模特SICA有什么感想，话题源源不断，这是她们来上课的乐趣之一，所以也无可奈何。澄玲形容光稀租的那家店是“町屋式的怀旧中带有时尚感的建筑”，但光稀却想在更宽敞明亮的地方开店。

就像澄玲的工房那样面向大海，窑房就在咫尺之距，本身就像是一幅画。

电话响了，是澄玲传来了信息。

“明天我们可以单独见一面吗？”

菜菜子可能也对澄玲提了演讲的内容，抱怨电视采访的事。光稀约澄玲吃午餐，澄玲问她可不可以去她家，光稀答应了。

放下电话，关掉了笔记本电脑，已经十二点多了，丈夫明仁仍然没有回来。

原本以为澄玲会很喜欢吃糖渍橘子，没想到她完全没动。因为糖浆冰过，玻璃容器外冒着水。叉子仍然和桌子平行，维持着光稀放在桌上时的状态。澄玲坐在桌前，很不自在地打量着室内。她的视线停了下来，看着相框。

“那是采访之后，SICA小姐和彩也子一起拍的照片，两个人的表情都很棒吧？”

SICA脸上挂着职业的笑容，但彩也子的笑容丝毫不输给她。澄玲起身走到放在装饰架的相框前，把脸凑到照片前仔细打量着，然后转过头，猛然鞠了一躬。

“光稀，很抱歉！”

光稀完全不知道是怎么一回事。

“……什么事？”

“电视采访的事，对方只邀请我和久美香两个人。”

“什么意思？那彩也子呢？”

虽然光稀还无法把握整体的状况，但感到腹底发热，声音颤抖起来。澄玲抬起头的脸上并没有一丝怯弱。

“我也搞不懂为什么，所以问了对方，结果对方说，彩也子额头上的疤痕让人看了心痛。”

光稀几乎无法呼吸。即使把刘海儿放下来，也因为小孩子的头发柔软，无法遮住疤痕，没想到发现疤痕的人竟然有这种感想。

“但那是为了救久美香受的伤，不是光荣负伤吗？难道有人怀疑是我虐待造成的？”

“光稀，你先冷静。”

澄玲抓着头，露出为难的表情。她可能觉得自己被迫接手了苦差事。

“我也向他们说明了疤痕的原因，对方也说了解这件事。”

“既然这样，那为什么？”

“因为会导致主题不明确。”

光稀听不懂这句话的意思，示意澄玲坐下再说。

“我先吃这个。”

澄玲拿起叉子，叉进橘子有弧度的部分，把整个橘子送进了嘴里。“真好吃。”她噘着嘴说道，以免果汁流出来。即使现在称赞这种事，光稀也丝毫不感到高兴，只觉得心浮气躁，希望她赶快吞下去，继续把话说完。澄玲似乎也了解这一点，就像是蛇在吞蛋，只咀嚼了几下，就把橘子吞了下去，脸上的表情显示她已经下了决心。

“无论报纸还是杂志上都刊登了彩也子的照片，你是她的母亲，目光当然会集中在彩也子身上，但你有没有发现，即使不是家人也一样吗？”

光稀没有搭腔，微微偏着头。她并不是完全没有察觉这件事。

“比起久美香，大部分人会将目光集中在五官漂亮，简直就像童星的彩也子身上。她这么漂亮，但仔细一看，发现额头上有疤痕，真是太可怜了，而且竟然还是因为在火灾现场救轮椅女孩而受伤……比起久美香，看到照片的人会更加同情彩也子，但‘克拉拉的翅膀’表明是支持轮椅族的品牌。”

所以会导致主题不明确。

“但是，因为彩也子写了那篇作文，才会有‘克拉拉的翅膀’，没有彩也子，要如何充分传达理念？”

“当然，到时候会充分介绍那首诗，对方也说希望提到彩也子的名字。”

“太一厢情愿了。”

“……是啊。毕竟是全体国民的电视台，所以他们只想拍制式的纪录片。在大家仍然记忆犹新的那场车祸里受害的可怜轮椅女孩，她努力活得很开朗，她的坚强深深感动了她的朋友，写了一首美妙的诗。这首诗打动了住在当地的陶艺家，为了支持她们，推出了翅膀形状的吊饰品牌，渐渐发展成为支持所有轮椅族的活动。”

听了澄玲好像在揶揄纪录片旁白的语气，光稀不难想象画面会很无趣。原来如此，彩也子的脸可能不适合这种地方性节目。即使这样，她仍然无法接受。

“你倒是想想彩也子的心情。即使电视播出的那天不让她看到电视，她也会很快知道你和那个孩子一起上了电视，一定会在意为什么自己无法上节目。到时候我要怎么向她解释？我要告诉彩也子，因为你太漂亮了，观众看到你脸上的疤痕，会忘了同情久美香，更担心你。到时候，澄玲阿姨的吊饰卖不出去，不是很伤脑筋吗？……如果我对她说实话，受到最大伤害的是谁？”

澄玲瞪大了眼睛看着光稀，从内侧用力咬着上下嘴唇，难道是因为懊恼吗？不能让她觉得自己很可怜。

“当然是彩也子。”

她语气温柔地轻声说道，然后缓缓将视线移向装饰架，她可以感受到澄玲也顺着自己的视线看向装饰架。她看向模特 SICA 和彩也子两个人合影旁更大一号的相框，那是之前接受《FLOWER》采访后，所有人的合影。SICA、彩也子、久美香、澄玲、光稀、菜菜子，所有人都笑得很灿烂，看起来感情很好。

“而且……”

“够了，光稀，别说了。”

澄玲打断了她，再度用坚定的表情直视着她。光稀心想，原来这个人能够在瞬间衡量利害得失，能够知道怎样的选择正确，怎样的选择对自己更有利。

“我会拒绝电视采访。之前已经上了每月发行量达到二十万册的全国知名时尚杂志的彩页，现在接受地方性节目的采访，等于倒退，重新变回乡下人。把我们和为了振兴城镇经济而开始制作馒头的大婶混为一谈，谁受得了啊？”

光稀知道澄玲这番话有一半在逞强。

“谢谢……真理，啊，就是上次在英新社当编辑的朋友，我会请她去打听一下，有没有负责其他杂志的编辑对这个主题有兴趣。听说读者的反应很好，而且 SICA 小姐是真的很有兴趣。”

“太厉害了！”

澄玲兴奋地拍了一下手。光稀觉得她在暗示，这个话题到此结束。

“不好意思，我只拿了甜点，忘了倒茶。”

光稀说完，起身走向厨房。

“你不必这么客气。这是海鸥亭的糖渍橘子吧？”

澄玲坐在椅子上，回头看向厨房问道。

“你竟然知道。”

光稀并没有把糖渍橘子的瓶子放在澄玲看得到的地方。

“因为现在糖渍整个水果很红啊。对了，我记得之前 SICA 小姐去上《蜜子的房间》时就是带了这个，好像还引起了讨论。”

“是吗？这件事倒是第一次听说。我学生时代在海鸥亭打工。”

“真的吗？那家店超有名，听说对工读生的教育也很严格，不过，你应该能够应付自如。我完全能够想象，应该说，你会出现在这种乡下地方，让人感到很不可思议。”

“只不过是糖渍橘子，不要这么抬举我。虽然和这里的人相比，我看起来有点儿时尚，但去了东京，就会被当成乡下老太婆。”

“绝对不可能。”

澄玲看起来不像在奉承，但光稀想起了之前接受《FLOWER》采访时的事。

“哇，这是你老公？”

澄玲不知道什么时候又站在装饰架前，正在看彩也子七岁时一家人在七五三节时拍的全家福。

“我听说他是八水的课长还是部长，反正就是在那里当主管，还以为是更年长的大叔，没想到这么帅。”

“是照片拍得好。”

光稀把红茶端到桌上。

“有这么帅的老公，不管是乡下地方还是无人岛，都愿意跟他走啊。我能理解，我能理解。”

原来从别人嘴里说出来，听起来是这么无足轻重的事。光稀注视着正在看照片的澄玲后背。她那件暗绿色棉质宽松洋装是艺术村某位艺术家的作品吗？真正的乡下人难以驾驭这种乡下味十足的衣服，光稀身上穿的衣服或许是乡下人想象中有城市味道的衣服。

之前有一段时间，很希望能够和她当朋友，但直到前一刻，已经完全忘记自己曾经有过这样的想法，以后应该也不会再有了。

澄玲在离开之前，没有再提电视采访的事。虽然不知道她说的话有几分出自真心，但她用不会让人觉得在讽刺的方式，称赞了房间的布置和不凋花的作品很有品位，让光稀的心情感到很愉快。

她应该很感谢自己。光稀心想。

澄玲虽然没有艺术家的才华，但她自我经营的才华令人叹为观止，所以才能让翅膀吊饰那么出名。当然，不得不靠轮椅生活的久美香、彩也子的作文和自己的协助，都为她提升了知名度，但这些都只是锦上添花。

她接受了福利团体的会刊、县内的宣传报以及报纸的采访，这些都是她主动接洽的成果。她没有提及残障人士日常生活中的不自由，而是用“在鲜花盛开的海岬，梦想着飞向广阔世界的少女”之类的文字打造出可爱的感觉，成功地吸引了原本对社会福利这个领域缺乏兴趣的大众的目光。

这些事情都通过网络散播，正因为如此，才能够通过只拍摄鼻崎町美好部分的照片，在完全不了解这个地方的人的脑海中，打造出一个比城镇的居民和附近居民真正了解的城镇都更加美好的地方，让那些人愿意倾听从这个美好的城镇发出的信息。

澄玲自己创作作品，自己宣传，自己负责出货工作，所以，当之前澄玲提出希望光稀收下吊饰的一部分收入时，光稀断然拒绝。因为一旦收了钱，就玷污了彩也子她们，于是她提出，可以把这些钱捐给某个福利团体，也可以用小孩子的名义捐赠。澄玲听了光稀的提议后，说那干脆把个人的生意和公益活动分开，于是成立了“克拉拉的翅膀”。

报纸的威力很惊人，城镇的人很快就知道了“克拉拉的翅膀”。虽然没有看到城镇上任何人使用翅膀吊饰，但在路上遇到时，即使不是很熟的人也会对光稀说：“彩也子真厉害。”“小天使”的成员说话更直截了当。

——光稀，你老实说，你可以拿到业绩的几成？是三成吗？

之前就料到会遇到这种问题，所以才会向澄玲那么提议。光稀再度体会到自己当初的选择多么英明，然后，落落大方地回答了这个问题。

——我和堂场太太协助的部分都捐赠给公益团体。

通常听到这种话，只要语带佩服地说“是噢”就结束了，但这些人好奇心旺盛，就像在吞滑溜的果冻一样吐出了下一句话。

——你们好像被人利用了。

虽然当着光稀的面，会接着补充一句“光稀，你人真好”，但只要光稀不在场，即使光稀就在可以听到她们说话的地方，只是没有出现在她们面前时，她们也会说："反正她很有钱啊。"

这一切都是杂音，就像虫鸣和海浪的声音一样。生活在大城市时听不到的声音，在安静的乡下地方，就比较容易传入耳朵。

而且，光稀并不觉得自己遭到了利用，反而觉得只是搭了积极奔走的澄玲的便车，所以接受了采访，拍了照片，只要彩也子高兴就好，让她有了美好的经历。

但是，澄玲似乎并不满足于只是出现在报纸的地方版上。三个月前，澄玲约她去"花咖啡"，说有重要的事情和她商量。

——光稀，你不是有朋友在英新社的《FLOWER》的编辑部上班吗？

光稀学生时代一起参加网球社的同学的确在那里上班，她很纳闷澄玲怎么会知道这件事，后来想起之前在小丑西餐厅吃饭时，似乎提过这件事。

——你可不可以问她一下，是否可以在杂志上介绍"克拉拉的翅膀"。即使只是一个小专栏也无妨。

澄玲已经准备好迄今为止各种活动的相关资料。

——拜托你了！

光稀不喜欢别人轻易低头拜托，但听到澄玲说"这件事只能拜托你帮忙"，就无法断然拒绝。更何况在杂志社工作的那个朋友，并不是只有几面之缘的泛泛之交就吹嘘是自己的朋友。以前读书时，考试之前都借笔记给她，而且为她介绍过男性朋友。

——我可以帮忙问问看。

当时这么回答的结果就是目前的情况。光稀看向装饰架。

自己充分实现了澄玲的心愿。

*

“……只要大家的心中有翅膀，这是两个小女孩的心愿。我为自己能够协助她们实现这样的心愿感到自豪，衷心希望能够在这个鲜花盛开的海岬，为更多人送上翅膀。”

好，OK了。拍摄工作不到一个小时就结束了。导播、记者和摄影师采访完星川澄玲后就立刻离开了。澄玲对于竟然就这样草草结束感到有点儿泄气。在接受采访前，她忍不住兴奋地考虑不知道服装和发型有没有特别的要求，不知道会不会有专业化妆师为自己补妆这些问题，但电视台方面在这些问题上完全没有任何指示。即使澄玲主动问他们，是不是要系上平时工作用的围裙时，他们也说都可以，所以最后并没有系。

接受采访时，自己分别站在工房内和窑前，也在作业台上放了自己的作品，所以她感到很满意。

虽然之前对光稀声称拒绝电视采访，其实电视的影响力不容小觑，即使只是地方性的节目，也会有好几万人观看。关键在于澄玲接到了菜菜子的电话，说想要婉拒电视的采访。听到菜菜子在电话中唠唠叨叨地说什么去听了演讲的事，澄玲觉得这是很好的借口。当菜菜子连声道歉时，澄玲对她说“我刚才正在和光稀讨论，这次还是拒绝采访”时，她用明显松了一口气的语气说：“太好了。”

澄玲打电话给之前为了采访一事联络她的节目制作人，问是否可以自己一个人接受采访，并说明是因为久美香的家长去学校听了演讲，不希望久美香继续在媒体上曝光。对方立刻回答没问题。澄玲忍不住有点儿生气，既然如此，一开始就不要只排斥彩也子，而是两个孩子都不邀请。

真想叫制作人为当时自己和光稀之间的尴尬负责。

幸好结果很理想，用最佳的方式解决了问题。只要久美香没有上节目，光稀看到节目播出时，就不会生气。如果光稀问起这件事，就说一度拒绝了，但对方恳切希望至少澄玲可以接受采访。不，在光稀问起之前，主动告诉她一个人接受了采访这件事。

澄玲想起光稀当时生气的样子，忍不住想，如果今后发生光稀不满意的事，她是否又会说，自己多亏了她，才能接受《FLOWER》的采访？虽然这次总算阻止她说出口，但澄玲不难猜到她想要说什么。

只不过她觉得今后未必会发生像这次这样的大事。

一个星期后，节目播出的那一天，澄玲目不转睛地看着电视，不由得深感佩服。虽然是地方电视台的节目，但不愧是专家。在采访澄玲期间，不时穿插了海岬和周围风景的影像，每一个景色都很美。澄玲向来认为自己充分了解这个城镇的优点，但有好几个画面是从她以前从来没见过的角度取景拍摄，也许是在比岬城更高的地方，从这片整地区域后方的杂木林走上山后拍摄的。

虽然她想要向别人确认，但家中只有她一个人。健吾在半个小时前还在家里，但她突然觉得让健吾看到自己出现在电视上很不好意思，于是对健吾说，希望可以一个人在家里看，但会把这段节目录下来，把健吾赶出了家门。

——真拿你没办法，那我去纯先生家。

健吾说完，一边拿着手机发邮件，一边走出了家门。

除了澄玲坐的周围以外，镜头还拍到了工房的整体。拍摄时强调了深度，看起来比实际的空间更宽敞。原来这就是自己的工房。她的内心涌起了从未有过的满足感。

如果自己仍然在东京当粉领族，在电视上看到一个人像这样出现在纪录片中，一定会羡慕不已。但是，这不是别人的，而是澄玲在健吾建造的房子内的工房。自己在纪录片中落落大方地介绍来到这个美丽的城镇，以及能够在这里通过陶艺品传达信息的喜悦……这正是梦寐以求、理想中的自己。

不过，不能就此满足。这个身影还没有传递到全国，还没有传递到全世界。但是，她总觉得在不久的将来，就可以在电视上看到心目中理想的自己。

原本只有一个翅膀的澄玲寻找着另一个翅膀，最后找到了健吾，找到了鼻崎町，但也许最重要的是那两个孩子。

电视的影响在隔天立刻出现了。在商店街的“花工房”看店的染色家美玲打电话给正在自家工房作业的澄玲，说店里的翅膀吊饰全都卖完了。虽然店里只放了五个，但即使之前报纸上介绍之后，最多三天才卖掉一个。没想到一天的时间，不，现在刚过中午，也就是半天的时间就卖掉了五个。即使说是壮举，也丝毫不夸张。

正因为这样，美玲才会打电话给澄玲。澄玲当时回答，很可惜，暂时无法补货，但处理完网络订单后，发现还剩三个，于是决定送去“花工房”。

澄玲只有一次看到客人把自己的作品拿在手上，然后买回家，就是火灾发生后，彩也子买吊饰的那一次。当时忙成一团，根本无暇沉浸在感慨之中，但在吊饰畅销后，整天忙于制作，很难抽出时间看店。虽然她每周都会安排一天到店里，但她的作品从来不曾在她看店时卖出去。

今天或许可以亲眼看到客人购买自己的作品，和在网络上接到订单时的高兴程度会不一样吗？她迈着轻盈的步伐走向商店街，好像只要有人在背后推一把，她就会情不自禁奔跑起来。她很快就来到了“花工房”前，拉门敞开着，似乎证明店里的生意很好。

但是，门内传来的并不是接待客人的声音，显然是在闲聊。当澄玲听到琉璃子的声音时，立刻躲到了门后。因为她的感应器启动，觉得也许里面的人正在说自己的坏话。

“听说她每一个都是用手工塑形，从用刮刀削出翅膀的形状到完成要一个小时左右。我觉得根本没有这种必要，用那种像做饼干时的模具塑形，速度不是更快吗？难得现在卖得不错。”

是琉璃子。但是，坏话感应器对琉璃子的坏话已经习以为常了。

“这样的话，形状和大小不是都一样吗？每一个都不一样才是卖点，不是吗？”

这是美玲。她果然充分了解自己的创作意图。澄玲很想对着琉璃子吐舌头。

“大家都不一样，大家都很棒吗？”

琉璃子揶揄道。澄玲很想冲进去，把她一拳打倒在地。

“只不过我总觉得她的说法有点儿牵强，我对陶艺不是很了解，也觉得用模具就好。在染色中，这也是一种传统染色技法，但对澄澄来说，耗费时间和精力制作出的才有意义吧，可能她缺乏制作完全相同作品的技术，所以就声称每一个都不一样比较好。”

“我懂！对了，在购物节的前一天，大家一起做饭团时，只有澄澄的饭团大小不一，太好笑了……”

琉璃子呵呵笑了起来。从腹底深处涌起的东西影响了呼吸，澄玲感到呼吸困难。

“你笑得太大声了，这样很失礼，大家都是艺术村的朋友啊。”

美玲委婉地斥责琉璃子。

“既然这样，你不觉得她应该多宣传一下整个艺术村吗？难得有电视台来采访，如果拍摄一下大家的工房，介绍这里是艺术家聚集的地方，就可以让更多的人知道这个城镇。既然‘克拉拉的翅膀’是以公益为目的的品牌，不是可以邀请我们加入吗？玻璃的翅膀也很不错啊，而且，她网站上的照片是阿班拍的，却只在角落写了阿班的名字，而且字也很小。澄澄平时都穿你染色的衣服，只有接受采访的那天，穿了其他衣服……”

琉璃子说到这里咳嗽起来。

“你不要激动，而且不要误会了，艺术村虽然是一个团体，但艺术是个体的。如果号召大家都一起做这个，一起做那个，就搞不清楚来这里到底是追求什么，更别说想要搭畅销商品的便车了。如果‘克拉拉的翅膀’来找我，我会拒绝……你不要告诉别人，其实我最讨厌伪善的活动。”

澄玲拖着颤抖的双脚离开了那里，脚步迈向车站那一侧的商店街，似乎在抗拒回到岬城。琉璃子无论说什么都无妨，她偶尔会说，冷嘲热讽是诗人的天性，代表她知道自己的嘴巴很毒，所以对她说的话认真就输了。

但是，美玲……澄玲一直把她当成姐姐。制琴师纯先生和菊乃太太就像是岬城的父亲和母亲，美玲是个个性爽朗、很有品位的姐姐，她的丈夫阿班是亲切的哥哥。至于其他人，除了健吾以外，就像是五个小孩子，澄玲当然也包括在其中。

没想到美玲这种只会制作染色不均匀作品的人也在嫉妒。这种互扯后腿的样子真难看。

右前方出现了“小天使”的招牌，以黄色和橘色为主色调的花卉点缀着像婚礼迎宾牌般的白色招牌，一定是光稀设计的。

自己除了岬城的居民以外，在这个城镇还有其他朋友，想到这件事，就稍微振作起来。昨天的节目播出后，澄玲立刻收到了光稀传来的邮件。

“你很上镜。”

不必向她诉苦也没问题，只要稍微闲聊一下就好，最重要的是，可以向她报告今天一天这个城镇上就有五个人购买了吊饰。

但是，当澄玲来到店门口时，发现店内已经人满为患。店内似乎正在上不凋花的课，城镇上的女人坐满了狭小的店，光稀把铁丝和胶带举到头顶正在做说明。生活方式值得被《FLOWER》以特辑介绍的女人称为“花女人”，但澄玲觉得光稀才是真正的花女人，个性开朗，积极而又充满活力，但在心情沮丧时和她见面，还是会有点儿压力。

这种时候，当然要找那个人。澄玲继续朝着车站的方向走去。

澄玲拉开位于鼻崎乌托邦商店街一丁目的堂场佛具店的拉门，发现菜菜子坐在店内深处，低着头，专心致志地动着手。

“菜菜子。”

澄玲叫了一声，但菜菜子没有反应。她走进店内，来到菜菜子身旁，发现她正在用钩针编织花朵。

“菜菜子！”

澄玲提高音量叫了一声，菜菜子好像从催眠术中醒来般抖了一下肩膀，抬起了头。

“原来是澄玲，对不起，我没发现你来了。”

“我才不好意思，打扰到你了。”

“没关系，没关系。”

菜菜子把编织到一半的花朵连同钩针一起塞进了手边的纸袋站了起来，一边说着：“上次真的很不好意思。”一边倒着红茶。她似乎知道澄玲不是上门来买东西，但澄玲的确没有特别的事，只是听到有人说自己的坏话……澄玲想到这里，“啊”地叫了一声。

“虽然已经过了很久，久美香有没有因为上报纸和杂志，遭到同学的嫉妒或被同学背后……说坏话？”

她说到一半，慌忙降低了音量。

“没关系，她还没有放学回家。我没有听久美香提过这种事，她反而很高兴大家都很羡慕她，说她很厉害。一年级的学生可能对这种事想得比较单纯。”

“那就太好了。”

菜菜子把茶杯放在平时客人用来翻阅商品目录的桌子上，请她坐下。

“有人说了什么吗？”

菜菜子在对面坐了下来，看着澄玲的脸问道。澄玲觉得她不是在问自己有没有被人说什么，而是担心“克拉拉的翅膀”的成员，不，是担心是否有人说自己和久美香的坏话。

“只是和岬城的人有点儿意见不合。”

澄玲转动着双手，语气开朗地回答，可以感受到菜菜子松了一口气。

看着菜菜子，澄玲觉得自己的烦恼根本称不上烦恼。菜菜子目前仍然和让女儿遭遇车祸的人生活在同一个城镇，日后恐怕也会继续生活下去，难以想象需要承受多大的压力。

“菜菜子，你有什么消除压力的方法吗？”

“……你呢？”

“我都靠散步。在外面走走，可以整理思绪，也可以像现在这样，和朋友诉苦。”

“是吗？我都靠这个。”

菜菜子从店后方的柜台内拿了纸袋过来。她刚才把编织到一半的花朵塞进了那个纸袋。

“编织？”

“在进行这种简单的作业时，脑袋可以完全放空。”

这代表菜菜子目前压力很大，但她露出害羞的笑容，从纸袋里拿出了一个已经完成的立体花朵，放在澄玲面前。

“好漂亮。是玫瑰，还是睡莲？看起来一点儿都不简单啊！菜菜子，你的手很巧啊！”

“没这回事，我只会编织我婆婆教我的这种花。”

“但看起来真的很难。我看你编了很多，不把它们连起来吗？做成围巾或披巾一定很漂亮。”

“那会变成怨念的聚集体。如果围在身上，我可能会离开这个城镇，所以绝对不会把它们连起来。”

“这也是你婆婆说的？”

“……怎么可能！是我在编织时充满了怨念。”

虽然澄玲觉得她一直把“怨念”两个字挂在嘴上很可笑，但菜菜子的表情很认真。既然不把这些花朵连起来，一直放在身旁，就可以看到怨念的累积量。也许她只顾着编织，不知道该怎么处理。自己很想要一条花朵主题的围巾。

“菜菜子，可不可以把你的怨念分一点儿给我？”

澄玲会基础的编织，所以可以自己把这些花朵连起来。

“如果你不嫌弃，要多少都可以给你，反正我多得很。”

菜菜子说完，沉默了片刻，扑哧一声笑了起来。

“因为我有很多怨念。”

“菜菜子，你这句话太好笑了。”

澄玲也笑了起来，两个人就像是被打开了笑的开关，一直笑个不停。澄玲拿出两个花朵放在眼睛上，说是“怨念眼镜”，菜菜子也回答“怨念耳套”。澄玲一边笑，一边看着菜菜子的笑容出了神，原来她这么漂亮，然后心头突然蒙上一层阴影。

这是健吾喜欢的长相。

第五章

无法飞翔的翅膀

“有人说，凶手芝田从死者老人那里抢走的金子又被别人侵占了。”

“怎么可能？被谁侵占？怎么侵占？”

“如果芝田在行凶后，把金子藏了起来，就有这种可能。在岬城建造房子时，可能发现了那些金子。”

“不可能，不可能。如果在施工途中发现金子，一定会引起轰动。”

“话说回来，可能不会把金子埋在整地的区域，但附近不是就有后山之类可以藏金子的地方吗？”

“会有人去那种地方挖宝吗？”

“普通人当然不可能，但如果是艺术家呢？比方说……去后山找陶艺用的土也很正常啊。”

*

星川澄玲走进客厅时，习惯性地打开电视，听一些无关痛痒的信息节目作为背景声音，没想到小梅的名字像子弹一样飞进了她的耳朵。小梅是她读美术大学时的同学，最近经常在时尚杂志和电视中看到当年是时尚杂志素人模特的小梅的身影。澄玲每次都像光着手摸到了冒了很多木刺的木柴一样，很不舒服，也很痛。肉眼看不到的刺好像刺进了皮肤，心情久久无法平静。

如果听到她出道成为女演员，或许能够比现在更平静地接受事实，甚至可能会为她加油，希望她好好发展演艺事业。但是，小梅的头衔总是“陶艺家”，或是“艺术家”。

荧屏上出现了涩谷新建的时尚大楼的化妆室，撒了五彩缤纷的玻璃粉烧制而成的黑色陶板以马赛克形状铺在墙壁和化妆台上，那些似乎都是小梅的作品。

“说到陶艺家，大家都认为是专门制作昂贵的餐具或花瓶，往往让年轻人敬而远之，但其实泥土原本就是我们身边的东西，每个人小时候都曾经玩过泥土，做自己喜欢的东西，用花瓣、树叶或漂亮的石头点缀。我希望大家能够回想起小时候的这种心情，发现陶艺其实就在我们的生活周遭，所以参加了这次的企划。比起在令人扫兴的地方化妆，在这种闪闪发亮的空间化妆，感觉会更漂亮。”

小梅可能戴了特殊的隐形眼镜，双眼发亮，流露出充满自信的笑容说话。本周末开幕时，前一百名客人将获赠小梅制作的小镜子。

“这些作品都是从前一阵子去加拿大黄刀镇看到极光时得到的灵感，每一个都是我在轻井泽的工房精心烧制的，那里是星星很美的地方。”

澄玲左手抓起遥控器转了台，那一台正在重播两个小时的推理剧，不知道刚开始，还是快结束了，也不知道谁是主角，但只要别看到小梅，任何节目都没关系。

黄刀镇、轻井泽……是因为自己上了年纪，所以不以为然吗？如果是年轻女生，会觉得那种地方很美、充满向往吗？会比鼻崎町更好吗？自己之所以缺乏自信，是因为窗外的景色笼罩在一片阴沉中。海水并不是每天都蓝，花也不是一年四季都盛开。无论哪个地方都一样。

澄玲忍不住看着自己拿着钩针的右手。因为自己的手在忙，所以没有把遥控器丢到墙上，也能够坐着看小梅受访的节目。

澄玲将菜菜子送她的毛线立体编织花加工后，织成刚好可以围在脖子上的围巾。不知道菜菜子是否根据不同的心情挑选了不同颜色的毛线，围巾上好像绽放着各种粉红色系的鲜花。美玲的草花染完全染不出花卉的颜色，这条围巾更有花卉的感觉。

门嘎啦一声打开了，健吾走了进来。健吾每个月都会去参加町公所观光课主办的讨论会。

“我带了点心给你。”

健吾把鼻崎乌托邦商店街一丁目的鼻崎和果子店的纸袋递到她面前。除了纸的味道以外，澄玲还闻到了豆沙的味道，不知道是最中饼还是铜锣烧。

“谢谢，我现在没空，可不可以先放在那边？”

她用下巴指了指桌子。

“好，好。”健吾把纸袋放在桌子上，但视线盯着澄玲的手。

“我第一次看到你编织。”

说完，他拿起放在桌上的围巾一角，以免影响到澄玲。

“玫瑰吗？我对编织一窍不通，但编得很棒啊，这种图案现在很流行吗？”

“菜菜子送我的，听说是她婆婆教她的，我只是把这些花连接起来而已。”

“是噢，编织一朵花就不容易，她竟然编了那么多。”

健吾仔细打量着，好像在确认每一片花瓣。

“据说聚集了很多怨念。”

“什么意思？”

“菜菜子说的啊！她说如果把这些花连成一条围巾，很可能就戴着围巾离开这个城镇。她应该为了久美香的腿，还有城镇居民的态度，感到压力很大吧。”

“原来是这样。这样说可能有点儿那个，但应该每个人都可以织一条充满怨念的围巾吧？”

“你不要危言耸听……完成了！”

她用剪刀剪断了用来连接的紫色毛线，把围巾从健吾手上抢了回来，然后绕在健吾的脖子上，轻轻拉紧了两端。

“怨念的力量让手情不自禁……”

她的双手稍微用力，健吾突然睁大了眼睛。“对不起。”她慌忙松开了围巾。

“饶了我吧。没收你的铜锣烧。”

健吾从桌上拿起纸袋，拿出圆形的铜锣烧咬了一大口，把剩下的一半塞进了澄玲的嘴里。看到澄玲憋着气、动着嘴巴的样子，露齿笑了起来。澄玲吃着铜锣烧，用拳头在健吾胸前捶了两拳。

澄玲坐在窑前，手指抚摩着刚好能放进手心的白色翅膀弯曲的部分，即使不愿回想，也忍不住把自己和在电视上看到的小梅进行比较，虽然自己之前只是接受地方电视台的采访，但毕竟上了电视，以为之后的采访邀约电话会接到手软，也期待可以接到来自东京的电话。可是那次之后，就没有再接受过任何采访，她甚至忍不住怀疑，会不会有人联络了菜菜子，菜菜子没有向自己打招呼，就擅自拒绝了邀约。话说回来，不知道是否宣传和实际销售之间会有时间差，吊饰的订购量每天都在涨。

坐在窑前看着火焰能够让心情平静，为了烧出理想的颜色和感觉，也必须随时观察火的情况，但她无暇坐着不动，必须把铁圈穿进翅膀根部的小洞。

“午安。”

背后传来声音。即使不回头，也知道是琉璃子。澄玲没有转身，拿起了钳子，显示自己正在忙。但琉璃子向来不会在意这种事，自顾自地搬了旁边的椅子，坐在澄玲的斜后方。

“好漂亮的围巾，是你自己编织的吗？”

“不是，是菜菜子送我的。”

澄玲背对着她回答。

“佛具店老板娘吗？编织得真精美啊，但连接的部分太乱了，该不会就是所谓的‘乡下惊奇’吧？婆婆编织了一堆莫名其妙的东西，菜菜子加工成可以用的东西，但最后还是觉得自己不需要。”

虽然菜菜子遭到了误会，但澄玲并没有澄清。琉璃子这种人，很可能明知道是澄玲把那些花朵连起来织成围巾的，故意用这种挑拨的方式说话。

“你最近特别忙，我之前就在想，像这种和陶艺无关的作业不需要你亲自动手啊。”

确认订单、装铁圈、包装、写谢函、寄宅配。澄玲完全不假他人之手，一手包办这些工作。

“光稀和菜菜子都忙着照顾孩子和看店，她们也很忙。”

“即使不需要请她们帮忙，不是还有很多朋友吗？你别看我这样，我的手很灵巧。”

朋友。澄玲在心里嘀咕。你之前不是和美玲一起说我的坏话吗？而且一定还和其他人说了我不少坏话。

“但这毕竟是我的作品，在送到客人手上之前，希望可以从头到尾都负起责任。”

按照这个逻辑，澄玲就必须去陈列商品的“花工房”看店，但琉璃子没有这么说，只是“哦”了一声。

“对了，我昨天在电视上看到小梅小姐了。”

琉璃子说得好像突然想起了这件事，但澄玲觉得她特地上门，就是为了说这件事。

“哦。”这次轮到澄玲意兴阑珊地应了一声。

“在陶艺中结合玻璃的方式已经成为她的特色，澄澄，你不试试玻璃吗？”

“用玻璃的话，温度调节很困难。在对花咲烧最理想状态的温度下，玻璃会产生裂痕，但我又不想因为配合玻璃，放弃理想的颜色……”

这根本是歪门邪道。澄玲原本想要这么说，但最后把话吞了回去。因为这等于承认自己也是冥顽不灵的人。即使坚持不需要靠玻璃，陶器有陶器的美，也会被认为是嘴硬不服输。

“我家不是有玻璃的专家吗？要不要试做一下？白色翅膀结合蓝色的玻璃，不是很美吗？根据花咲烧的名字，点缀一些粉红色或黄色的小花也很不错啊。”

原来她今天不是上门来挖苦，而是来推销自己的老公的。真搞不懂她怎么有脸开这种口。

“如果推出这样的商品，或许会有生意，但我只是想把自己的翅膀送到客人手上，完全不会为了想要赚钱就模仿其他走红陶艺家的作风。即使被说成是伪善者也无所谓，只要为拿到翅膀吊饰的人带来一些勇气和希望，我就心满意足了。我认为在艺术村，只要热爱艺术的人，都能够了解这件事。”

澄玲很想转头看着琉璃子的脸。她会露出尴尬的表情，还是满脸怒气？

“真是伟大的志向啊，但连小孩子的作文都被当成利用的工具，根本没有任何说服力。”

琉璃子叹着气，站了起来。

“谢谢，打扰了。”

琉璃子说话的语气，好像澄玲请她喝了茶。澄玲紧紧握住了白色翅膀，如果手上拿的是放进窑里的木柴，一定会朝着琉璃子的后背丢过去。

澄玲注视着火焰，吸收了热量的围巾似乎在抚摩她的双肩，对她说：“不要激动，不要激动。”

澄玲再度觉得“怨念”这两个字太贴切了。作品汇集了制作者的感情，无论是憎恨、愤怒之类负面的感情，还是喜悦和爱等正面的感情，这些凝聚了强烈感情的作品，都具备了强大的力量。正因为如此，才能够传递想法，令人心生感动。拿着翅膀吊饰的人可以感受到澄玲投入作品中的感情，所以，彩也子才会把翅膀吊饰送给久美香。

同时，澄玲的作品激发了彩也子的灵感，她才会写下那首诗。

既然这样，把这首诗放在网站上，为什么会变成利用？

既然自称为诗人，完全可以用文字写下从丈夫作品中感受到的情感，自己为丈夫宣传啊。

为了转换一下心情，澄玲去泡了红茶，单手拿着马克杯回到工房时，发现空间设计师三郎坐在她刚才坐的椅子上，双手放在窑前，好像在取暖。三郎第一次独自来澄玲的工房，他太太上个月暂时离开鼻崎町，去美国制作人偶的学校留学半年。

“三郎先生，你怎么在这里？”

“啊，澄玲，原来你在啊，太好了。”

三郎站了起来，把腿上的小纸袋递给澄玲。澄玲接了过来，打开纸袋一看，发现里面用透明塑料袋装了饼干。黑色和淡茶色、绿色和淡茶色、紫色和淡茶色分别做成了旋涡和格子图案，是精心制作的饼干。

“这看起来像是手工饼干，是你自己烤的吗？”

“可惜不是我做的，是家政课社团的学生送我的。”

三郎目前在鼻崎高中当美术代课老师。

“看来你当老师很认真，太厉害了。虽然你最后一个来岬城，但最融入这个城镇。学生会送你饼干，代表你在学校也很受欢迎。”

“大家只是好奇而已。虽然已经过了很久，但这些饼干是为购物节的事道谢，所以我觉得要拿来分给你。”

“这些学生太客气了，他们来帮忙，让他们受了惊，他们竟然还道谢。”

“你不必放在心上，他们打算用这些饼干去参加使用当地特产制作料理的比赛，所以希望能够给他们提供点儿意见。”

“既然这样，那我去为你倒茶。”

澄玲把三郎留在工房，走回家里，在马克杯中泡了红茶后走了回来。

三郎坐在窑前，手上拿着钳子。

“你在干吗？”

“我在想，我可以帮这点儿小忙。”

又有五个白色翅膀装上了吊饰的绳子，每个铁环都很圆，而且夹得很密实。如果是琉璃子擅自帮忙，无论做得多么完美，澄玲都会很生气地觉得她帮倒忙，但因为是三郎，所以就能够自然而然地产生感谢的心情。是因为他总是面带笑容，给大家带来温暖吗？不，一定是曾经一起在火场救火的连带感在内心慢慢萌生的关系。

“谢谢。还是先来喝茶吧。”

澄玲把小桌子搬到窑前，放下马克杯和盘子后，把饼干拿了出来。

"听说每一种味道都不一样。"

三郎开始说明饼干的味道。制作饼干时，在面团中分别加了不同的食材，黑色是黑芝麻，绿色是菠菜，紫色是紫地瓜。

"真稀奇啊，我还以为是可可和抹茶呢。"

澄玲拿起一块黑色和淡茶色形成旋涡的饼干放进嘴里。

"真好吃！"

"听说使用的材料全都是鼻崎町的特产。"

三郎把菠菜饼干放进嘴里。

"嗯，好吃。"

澄玲尝了三种不同口味的饼干，口感扎实的高质量完全可以作为商品贩售。说句心里话，比"花咖啡"的任何一种甜点都更好吃，而且也灵活运用了鼻崎町的特产。

"如果当初没有提议蛋黄酱鲜虾可乐饼和蛤蜊巧达汤，请他们制作这种饼干，或许就不会发生那种事了。"

海边的城镇。当初根据这个印象，设计了那两道料理。

"已经过去的事，再怎么后悔也没用。"

"但是……那天来帮忙的都是女生，有没有人留下烫伤的疤痕？"

"哦，这倒不必担心，我请保健室的老师确认过了，没问题。"

"是吗？那就太好了，所以只有彩也子留下了疤痕。"

每次想到彩也子，最先想起她额头中央好像横向挂了一轮弦月的伤痕，即使用刘海儿遮挡也一样能看见。原本以为小孩子的疤痕很快就会不明显，但彩也子的伤就像用雕刻刀刻在额头上，至今仍然没有消失，每次看到她，澄玲就觉得心被揪紧了。

"关于这件事……"

三郎说到这里，拿起了马克杯。即使在火灾刚发生时，三郎谈起当时的情况也一派轻松，如今却显得有点儿犹豫。

“怎么了？有人在背后议论吗？”

可能有人看到电视和杂志报道这件事，心里很不是滋味。也许有家长向学校抗议，在购物节时发生了火灾，却反而加以利用，尤其当自己的孩子也被波及……

“不……对了，你的围巾很漂亮，在哪里买的？”

“菜菜子织的……三郎先生，你不要顾左右而言他，这不像你的作风。无论别人说我什么都无所谓，所以请你告诉我。”

三郎又喝了一口红茶，然后看着澄玲说：“那只是学生之间的传言，我是在认为应该是我误会了的前提下，告诉你这件事的。”

澄玲用力吞着口水。幸好围巾遮住了喉咙。她这么想着，双手紧握着围巾的两头，猜想三郎接下来说的话将会伤害自己。

*

这是相场光稀第一次单独被老师找去学校。级任老师在电话中说，彩也子和班上的男生打架。彩也子会不会受了伤？光稀踩在油门上的脚忍不住用力，小学校门口附近没有任何车辆，她来不及等信号灯变成绿灯，就急急忙忙一路赶往学校。

彩也子哭肿了双眼，在级任老师的陪同下，垂头丧气地坐在教室角落，但幸好完全没有受伤。“发生什么事了？”光稀问她，她也低头不语。

“彩也子推倒了江口正树。”

年轻的女老师用战战兢兢的口吻，代替彩也子把午休时发生的事告诉了光稀。那个姓江口的男生先在教室内调侃彩也子，但他并没有动手。彩也子说了好几次“别闹了”，江口仍然纠缠不休。彩也子忍无可忍，推了江口一把，结果江口的左脚踝扭伤了。听起来的确是彩也子有错，但光稀知道她不是冲动的孩子。

“彩也子，他对你说了什么？”

“……熊。”

彩也子发出很小的声音，不知道她在说话，还是只是张了嘴而已。光稀看着级任老师。

“因为我刚好不在场，所以不知道江口说了什么。”

“彩也子，你自己说清楚。”

对方说了什么让彩也子忍不住想要动手推人的话吗？彩也子缓缓抬起了头，大颗的泪水在眼眶中打转，光稀用羊毛开襟衫的袖子为她擦去了眼泪，似乎在对她说：别担心，妈妈挺你。

“亚……亚洲黑熊。”

光稀觉得好像有人在她的心头点燃了一把怒火，她克制着想要用力拍桌子的冲动，双手用力握拳。如果那个姓江口的学生在眼前，她可能会一脚把他踢倒在地。

“这是他今天第一次说吗？”

她慢条斯理地问道，以免彩也子发现她的声音在发抖。彩也子摇了摇头。

“几乎每天都说。”

竟然有这种事。

“老师都没有发现吗？”

“呃，是……”

“他都是趁老师不在的时候说的吗？”

卑鄙的小孩都会搞这种花样。但是，彩也子摇了摇头。

“那么，他也曾经当着老师的面这么说？”

这是怎么回事？她用眼神问老师。

“不是啦，呃，他是叫你小熊，对吗？因为这个名字很可爱，所以我没想到是在骂人。”

光稀很想一巴掌甩在这个脑筋不清楚的级任老师脸上。这几个月来，彩也子每天都在这里经历被人嘲笑疤痕的事，但她每天早晨都满面笑容地说：“我去上学了。”然后走出家门。难道没有同学帮她吗？如果有，就不可能发生这种事。既然这样，彩也子为什么在班上没有朋友？

因为那些同学都嫉妒她。

即使告诉眼前这个乡下老师，也无法解决任何问题。光稀紧紧抱住彩也子。别担心，别担心，妈妈永远站在你这一边。

“所以，老师叫我来学校，是想要我怎么做？”

“呃，请向那位同学道歉，用电话的方式也没关系。”

“所以，只要打电话就行了吧？”

“还有，请向学校报告，已经向对方道歉一事。”

所以，只要形式上解决这件事就没问题了。

“我知道了。请老师也向校长报告，自己虽然发现班上的女生因为脸上的疤痕遭到嘲笑，却没有处理。然后请你向我报告，学校得知这个情况后，打算如何处理。”

“呃……”

“我说错了什么吗？”

“不……”

“那我们彼此约定在明天中午之前完成报告。”

光稀说完，牵着彩也子的手，走出了教室。

“妈妈，对不起。”

彩也子低头走在走廊上时说。

“彩也子，这不是你的错。”

“我也要向久美香道歉，因为今天不能辅导她功课。”

“你不必在意这种事。妈妈很喜欢你的善良，但是，妈妈觉得你可以做自己想做的事。”

“彩也子喜欢和久美香玩啊。”

“是吗？那就好。”

光稀缓缓摸着彩也子的头，用刘海儿遮住了她的疤痕。

虽然光稀传了邮件，希望丈夫明仁今天早点儿回家，但晚上九点过后，他仍然没有回家，甚至没有回复邮件。光稀只好拿起家里的电话和班级通信录的纸，拨打了江口家的电话。

江口的父亲接起了电话，似乎早就在等这通电话。他像事先已经排练过一样，光稀还没有开口道歉，他就一口气责备说，他儿子这下子无法参加下个星期的足球比赛，心情很沮丧，质问光稀要如何负责。光稀也不示弱，要求对方等自己的老公回家后再谈。

“对你儿子的受伤一事，我在此表达慰问，我们也会支付医药费。但归根究底，是因为你儿子连续好几个月诽谤我女儿，请问你对此有何见解？”

“呃……”

“我女儿是在发生火灾时，搭救比她年纪小的朋友时受了伤，竟然有人嘲笑我女儿的疤痕。即使是小孩子，你不认为这种行为也很缺德吗？”

“是啊……”

江口的父亲傻傻地应了一声。电话中传来“你要硬起来啊”的声音。如果要比人数，光稀显然输了。

“照理说，我们也应该让孩子的爸爸和你们联络，但是他还没有下班。还是等他回来之后，再打电话？”

“不，不用……请问你是相场太太？”

“是啊。”

“八海水产相场课长的……”

“是啊。”

对方似乎认识明仁。

“这……这……这……真不好意思，我儿子造成了对你们的困扰。”

对方的态度突然改变。“喂，你这是什么意思？”对方的妻子似乎很不服气，“把电话给我。”

“你别闹了。”江口夫妇按着电话争执起来，最后，电话似乎被太太抢到了。

“我老公好像在之前的部门受过你丈夫的照顾，但这和小孩子的事无关。虽然我们很同情你女儿受伤的事，但你们不是利用这一点做什么慈善活动吗？所以不要只在这种时候假装自己是受害者，不过，算了，我们已经充分了解你们的想法。那就这样了。”

对方咔嚓一声挂上了电话。对方说到一半时，光稀就不知道她在说什么，但显然已经转移了焦点。利用彩也子受伤做慈善活动？这个乡下城镇真的只有笨蛋而已吗？她双腿发软，差一点儿瘫坐在地上，但她发现彩也子把自己房间的门打开一条缝，正担心地看着她。

“江口的爸爸和彩也子的爸爸是同一家公司的同事，他说他们也感到很抱歉，希望你以后继续和江口当朋友。”

彩也子听到光稀这么说，松了一口气，露出了微笑。彩也子并不希望母亲痛骂对方一顿。虽然对方撂下了令人生气的话，但这件事就到此为止吧。光稀也对彩也子露出了微笑。

深夜十二点又过了半个小时，明仁回家了。他吃茶泡饭时问光稀：“你传邮件给我有什么事吗？”

“彩也子学校的事，今天老师找我去学校，但已经解决了。”

“发生什么事了？”

光稀懒得再说明，更何况只要想起就令人很生气。

“既然你担心，早一点儿回来不就好了吗？”

“我在工作啊，有什么办法？”

“工作、工作……真的是这样吗？”

“你想说什么？”

“我们根本没错，却要打电话给班上的同学道歉，结果对方的爸爸接了电话，我才知道他也在八水上班。菜菜子的老公也在八水，听菜菜子说，她老公这一阵子每天六点多就到家，每天都帮久美香洗澡。大家都在同一家公司，为什么只有你每天晚上都要加班？把家里的事全都推给我，你自己到底去了哪里？在做些什么？”

虽然之前一直想要问清楚，但一拖再拖，直到前一刻，都没有想到会在今天问这件事。虽然早就预感到一旦问了，某些巨大的东西就会崩溃。

“原来你是这么想的。因为我不常在家里，所以很多事我也就不计较了。”

“你在说什么？”

“如果我说你乱花钱，你应该就知道了吧。东京知名餐厅的食物，还有高级名牌衣服和首饰，这几个月，你到底花了多少钱？”

“那是因为……”

光稀知道事情的起因，那是在东京接受《FLOWER》采访的时候。

摄影以澄玲、彩也子和久美香为主，但也有几张光稀和菜菜子一起加入。菜菜子穿着之前参加久美香入学典礼时买的套装，忸怩地说：“我这身打扮太丢脸了。”但光稀早就猜到可能会发生这种情况，所以全身搭配了《FLOWER》每一期都介绍的品牌 L&G 的衣服。那并不是她特地买的，她在结婚之前，就很喜欢这个品牌的衣服，所以落落大方地面对镜头露出了笑容。这时，在英新社担任编辑的大学同学真理佳走到光稀身旁。

——至少把这条丝巾拿下来，不然太像家庭主妇了，你的衣服还真耐穿。

言下之意，就是别穿这么过时的衣服来这里，太丢脸了。光稀发现真理佳也穿了一身 L&G 的衣服，但无论上衣的线条，还是长裤的线条，都和光稀的完全不同。光稀顿时羞红了脸，却因为当初是自己再三拜托她安排这次采访，所以也无法生气。

——我没关系啦，只要把两个孩子拍得可爱就好。

她只能笑着这么回答。彩也子身上穿的是当红品牌的最新款。虽然明知道之后再买新衣服也无济于事，但已经发现了自己内心的东京还停留在自己住在东京的时候，和乡下人想象中的东京没什么两样；无论乡下的主妇称赞光稀多么有品位，在东京人眼中，仍然觉得她的打扮很落伍。既然已经发现了这些事，就必须设法弥补回来。

为了有朝一日重回东京，除了关心时尚动向，还要融入自己的生活。

“我以后不会再买了。”

“我说的不是这个问题。”

“我只要和这里的人一样就好了，不是吗？”

“我说了……算了，随你的便。”

明仁起身走向浴室，光稀的鼻子前飘过奶酪和番茄酱混合在一起的比萨味道。这不就代表他是直接从工厂回来的吗？现在道歉还来得及吗？只要说声“对不起”就解决问题了，但是，今天太累了。

当初不是明仁把自己和彩也子带来这个城镇的吗？

送彩也子和明仁出门后，收到了澄玲的电子邮件。光稀早上问彩也子，今天要不要陪她一起去教室？彩也子回答说：“不用了。”比平时更有精神地冲出了家门。彩也子出门数十分钟后，光稀收到了电子邮件，原本以为是学校来确认是否向对方道歉的事，所以很不高兴地拿起了手机，结果发现是澄玲。澄玲说，有重要的事情想和她商量。光稀原本以为澄玲每天都睡到中午，没想到她这么早起床。光稀对此感到佩服的同时回复她：“要不要约在某家咖啡店见面？”

那就约在不会被别人听到谈话内容的地方。澄玲的回复内容很严肃，完全没有任何表情符号。光稀有点儿不安，担心出了什么大事，但随即想起之前也遇到过类似的情况，八成又是菜菜子不愿意接受采访。最好的证明，就是澄玲在今天的邮件中提到，不要找菜菜子。光稀决定至少先解决一件麻烦事，于是不顾还是上课时间，就打电话到学校，留言请事务员转告彩也子的级任老师后，专心等待澄玲。

送丈夫和孩子出门后的公司宿舍渐渐变成了密会的场所。

“不好意思，这么早打扰你。店里没问题吧？”

澄玲递上纸袋问道。里面装的是色彩鲜艳的手工饼干，是艺术村推出的新商品吗？

“最近又有新成员加入。”

不凋花教室开张后，“小天使”的客源增加固然是好事，但其他成员以补充工作人员为由，未经光稀的同意，就带了她们的朋友进来，如今渐渐变成了和八水无关、本地家庭主妇聚集的场所。光稀刚才打电话，说上午不能去店里时，对方竟然说：“今天都不来也 OK！”

“既然有饼干，那我来泡红茶。”

“不，最好泡咖啡，很浓很浓的咖啡。”

看来是必须保持头脑清醒才能讨论的问题。光稀按照澄玲的要求，泡了很浓的咖啡，把饼干放在盘子上。澄玲像上次一样，看着接受《FLOWER》采访时的照片，她把所有人站在一起拍的照片拿在手上，出神地打量着。她的目光集中在谁身上？

“来，坐下吧。”

光稀催促道。澄玲拿着照片坐在桌旁。

“这些饼干是艺术村的新商品吗？”

“这是三郎先生学校的学生做的。”

之前问过艺术村所有成员的姓名和专长，但光稀想不起来三郎先生是做什么的，只记得有人在鼻崎高中当美术代课老师，在购物节发生火灾时的那些女高中生应该就是三郎先生带来的。

“做得很好啊。”

“你尝尝看，有黑芝麻、菠菜和紫地瓜。”

光稀吃着紫地瓜的饼干，口感香脆，嘴里有淡淡的甜味和地瓜的香气。

“真好吃。对了，火灾现场的那些学生都好吗？”

“嗯，听说烫伤的学生也没有留下疤痕。”

澄玲的话还没有说完，就露出知道自己说错话的表情。光稀假装没有察觉，又吃了一块黑芝麻饼干。她更喜欢这个味道，也很适合配黑咖啡。

“太好了，送饼干的也是那时候的那些学生吗？”

光稀想起报纸上那两个因为救彩也子和久美香而受到表扬的学生照片。

“对，是家政课社团的学生。”

“既然送了这些饼干，就代表火灾的事并没有留下任何后遗症，一切都很顺利吧？”

“但是，我听到了很惊人的事。”

澄玲探出身体。

“你听说了什么？”

澄玲吐了一口气，双手抹了抹脸，一口气喝了半杯咖啡，虽然明知道没有其他人，但还是东张西望观察了一下，然后终于下定决心似的把脸凑到光稀面前，小声地说：“如果三郎先生说的话属实，警察可能会来抓我们……”

*

堂场菜菜子把刚完成的编织花丢进空纸袋。虽然不能说每一朵花都是怨念，但至少让她发泄了压力。没想到有人愿意接收这些花朵，心情竟然会如此舒畅。因为是婆婆教她的编织方法，所以一直觉得很老气，但既然像澄玲那样有独特时尚品位的人会喜欢，就不要塞进壁橱，做成围巾或披巾，放在澄玲或是光稀的店里寄卖也不错。

她们应该不会说，你在自己的店里卖就好了，但如果调整颜色，老年人应该也会喜欢。只是不知道自己的作品卖出去时，会是怎样的心情，一定和卖出一盒线香的感觉不一样。她正在想这些事，有客人上门了。

“欢迎光临。”

“你好。”

是艺术村的宫原健吾，看起来不像是来买东西的。

“又有什么活动了吗？”

“不是，不是，今天是因为有私事想要拜托。”

健吾露出清新的笑容，但菜菜子不由得紧张起来，很担心久美香会遭到利用。

“请问是什么事？”

“那我就有话直说了，可不可以请你当我的写生模特？”

模特？菜菜子目瞪口呆地看着健吾，以为自己听错了。

“当然穿着衣服，只要坐在椅子上就行了。”

“为什么找我？”

健吾的身边有澄玲，还有艺术村的好几个女人。如果因为是澄玲的朋友这个理由找上自己，明眸皓齿、五官轮廓很立体的光稀更值得一画。

“我想画鼻崎町的人，你是在这里土生土长的吧？”

“嗯，是啊，但如果是这样，要不要我帮你问问长得漂亮的朋友？”

“不，我想画你。”

虽然是在讨论模特的事，但菜菜子觉得好像被人表白，内心小鹿乱撞。

“我想画像你这样的人，虽然外表看起来很清秀，但内心隐藏着像火焰般的坚强。”

健吾走了过来。只要他再向前半步，就会碰到自己的嘴唇。菜菜子慢慢后退，屁股撞到了桌子，留在织到一半的花朵上的钩针掉在地上。

“我一点儿都不坚强。”

健吾捡起了花朵。

“听说这充满了怨念？”

原来是说这件事。菜菜子顿时放松了肩膀的力量。

“原来澄玲把这种事也告诉了你。虽然我编织是为了消除压力，但说是怨念或许有点儿夸张。”

“是吗？我倒不觉得有什么不对劲。”

“而且，我要看店，还要去接久美香，所以还是请你去找别的模特。”

“一天一个小时也不行吗？”

“很难。”

“不能请你的公婆帮忙看店吗？”

健吾似乎不知道堂场家的家庭成员情况，菜菜子也不记得向澄玲和光稀提过这件事。

“他们都不在了。我公公三年前去世了，我婆婆更早之前……就展开了新的生活。”

为了避免健吾想得太严重，菜菜子用这种方式开玩笑地说。

“新……？”

“健吾，你怎么在这里？”

拉门被打开了，澄玲走了进来。光稀也一起出现了。

“哇，澄玲？我来买线香啊，就是购物节时作为奖品的线香，对不对？”

健吾转头征求菜菜子的同意。因为事出突然，菜菜子也应了一声：“是啊。”然后走到线香的陈列架拿薰衣草线香。

“一盒吗？”

“不，给我两盒。”

澄玲目不转睛地看着健吾。原来澄玲不知道模特的事。菜菜子不由得紧张起来，很担心他们会吵架。

没想到澄玲好像突然想到了好主意般，对健吾说：“健吾，那你帮忙看店。”

“好啊，是咖啡店还是工房？”

“不是，不是，是这家店。我们有重要的事要和菜菜子讨论。”

这是怎么回事？菜菜子看了看澄玲，又看着健吾。

“如果有事，要不要在这里谈？这里有桌椅，我也可以去倒茶。”

也许又有某个媒体要求采访。

“不行，不行，不行，不能在这里说。健吾，那就这样啰，在菜菜子回来之前，你就坐在这里。”

澄玲完全不听这家店的老板娘菜菜子的意见，用下巴指了指收银台旁的椅子，拉着菜菜子的手臂，似乎要把她强行带走。菜菜子看着光稀，想要知道是怎么一回事。光稀紧闭双唇，一脸严肃地看着她。既然这样，可以把店门关起来，再跟她们一起去。但她还来不及这么提议，就被带去了商店街靠车站那一侧的停车场。

菜菜子被澄玲拉着手臂，两个人一起坐在光稀车子的后车座，三个人都一言不发。不到十分钟，来到八海水产员工宿舍内的光稀家。澄玲刚才的气势好像要把自己带去没有人的深山，菜菜子不禁有点儿泄气，很想骂她们，为什么不一开始就说清楚。

这是菜菜子第一次来光稀家，宽敞的客厅内放着色调沉稳的家具，简直就像是连续剧中出现的场景。不凋花的点缀也恰到好处，在客厅内并没有表达出过于强烈的主张。菜菜子想起家里的客厅仍然杂乱无章地摆放着离家出走的婆婆之前做的那些完全不协调的手工艺品，两家的客厅简直就像是两个不同的世界。

桌子上放着装了饼干的盘子和两个空马克杯，光稀把杯子拿去厨房，澄玲好像在自己家一样，请菜菜子坐下来。

“菜菜子，你喜欢喝红茶吧？”

光稀站在厨房的吧台内，语气生硬地问道。菜菜子觉得回答“不必费心”有点儿不太对劲，因为自己是硬被拉来这里的，于是回答：“对。”她坐了下来，打量着室内，看到客厅内放着之前接受《FLOWER》采访时的照片，菜菜子也很喜欢所有人合影的那张，把它放在一家三口睡觉的卧室内。

“要不要试试饼干？”

坐在菜菜子对面的澄玲把盘子推了过来。虽然她的态度好像在自己家里，但这些饼干可能是澄玲带来的。这代表澄玲刚才已经来过这里，和光稀讨论过了，所以只有菜菜子不知道接下来要谈什么事。

不公平。为了避免内心的不满流露在脸上，她拿起一块饼干，整块都放进嘴里，满嘴都是黑芝麻的味道。没想到饼干很好吃。菜菜子暗自感到佩服，光稀用托盘端着茶壶和茶杯走了过来。

附有茶托的茶杯放在菜菜子面前，香气怡人的红茶倒进了杯子。但是，从光稀刚才走进店里到现在，她脸上始终维持着僵硬的表情，就知道这并不是愉快的茶会。

澄玲喝了一口红茶润了润喉，然后看着菜菜子说："菜菜子，我和光稀都会支持你。"

"哦……"

"所以，希望你对我们说实话。"

菜菜子对澄玲夸张的开场白越来越感到生气。有话就直说，不需要故弄玄虚。

"说什么？"

"久美香真的无法走路吗？"

菜菜子只能深深地叹气。之前城镇上那些没有同情心的人曾经在背后这么议论，但从来没有人当面问过她。虽然这里的人都是乡下人，但至少还有这点常识。没想到……自己正在为好不容易交到有正常判断力的朋友感到高兴，她们竟然一脸严肃地问自己这么离谱的问题。

"代理型孟乔森综合征。你们的意思是，我让久美香假装不能走路，想要借此博取大家的同情吗？"

即使想要冷静回答，仍然知道自己的声音在发抖。当然，更知道是因为愤怒而发抖。

"我不知道这种病名。"

"即使真的是假装，又有谁会同情我？你们觉得我受到了什么特别的对待吗？你们认为让刚读小学，想要和大家一起奔跑的女儿不得不坐在轮椅上生活，到底能够得到什么好处？你们什么都不知道，也从来没有想过，我们夫妻每天带着怎样的心情过日子。"

泪水涌入眼眶。怎么可以在她们面前流眼泪？！菜菜子紧咬嘴唇。

“对不起……我就知道是这样。”

澄玲一脸诚恳的表情点着头。什么我就知道！

“但是，你老公开始每天准时回家了，不是吗？”

始终一言不发的光稀用沙哑的声音说道。

“光稀，我原本以为你是个聪明人，没想到竟然会以为因为不想加班，所以让女儿伪装成不良于行。”

“我不是这个意思。你老公在久美香发生车祸之前，不是有外遇吗？”

“你……”

光稀怎么会知道这些事？但是，那并不是外遇。修一是个滥好人，朋友邀他去聚餐、喝酒，他都无法拒绝，只是这些朋友中也有女性朋友。即使修一曾经单独和女人去喝酒，也是对方有事找修一商量。不知道这些没品位的传闻是通过八水的管道传入光稀的耳朵，还是来自商店街。无论如何，正常人怎么可能信以为真，而且竟然向当事人确认。

“光稀，这太过分了，我还是觉得他们在胡说八道。”

澄玲说。

“他们？”

“这是三郎告诉我的传闻。”

澄玲把住在艺术村、目前在鼻崎高中当美术代课老师的三郎从家政课社团的学生那里听到的传闻告诉了菜菜子。

花咲购物节的那一天，艺术村的人计划在商店街隔壁巷内，原本是食堂的旧店面免费发放他们做的蛋黄酱鲜虾可乐饼和蛤蜊巧达汤，于是，三郎请自己任教学校的家政课社团的学生来帮忙。家政课社团共有八名女学生，四个人在厨房帮忙，另外四个人协助发放。免费发放的食物也可以在食堂内食用。

当时，彩也子和久美香坐在食堂内。因为食堂门口有阶梯，彩也子推轮椅进去时很吃力，两名女高中生帮她抬轮椅，并带她们到食堂最里面的座位坐了下来。彩也子坐在椅子上，久美香坐在轮椅上。

然后，发生了火灾。

火灾刚发生时，有人证实彩也子背着久美香从食堂跑到通往商店街的巷子，中途由两名高中生分别背着彩也子和久美香逃生。报纸以相当大的版面刊登了当时有人拍到的照片，两名女高中生也和加入灭火的商店街干部一起受到了町公所的表扬。

但是，正因为有学生受到表扬，校内开始质疑：另外六个学生当时在干什么？受到表扬的两个人是在厨房帮忙，经确认后发现，在三郎的引导下，最后才离开食堂，也就是说，其他六个学生先逃走了。尤其负责发放食物的四个人知道食堂内有坐轮椅的小孩子，也知道陪同的也是小孩子，却没有协助她们逃生，自己逃走了。

于是，负责发放食物的其中一名学生说。

当厨房传出失火的叫声时，自己立刻看向那两个小孩子。食堂内的人都争先恐后地逃了出来，坐轮椅的女孩也站起来走向门口。于是，那个学生松了一口气，心想，原来她并不是完全不能走。另一个女孩很快就追上了轮椅女孩，那个学生觉得不需要自己帮忙，想到要赶快去灭火，于是就超越了那两个女孩和其他客人，跑向商店街找灭火器。

其他女高中生听了，提出了一个疑问。

之前好像看过那个轮椅女孩接受杂志的访问，好像要求大家买吊饰帮助和她一样坐轮椅的人。既然她可以走路，可以这么做吗？

这些女学生为了确认真相，带着手工制作的饼干，去找和制作吊饰的艺术家同住在艺术村的三郎老师。

“如果传闻属实，我们可能会因为诈欺罪遭到起诉，所以才会向你确认。”

菜菜子无法及时理解澄玲说的话，因为她的思考在更之前的阶段就已经停止了。

“她们说久美香站起来了，那是真的吗？她真的自己走路了吗？”

她探出身体问澄玲。

“菜菜子，你先别激动。那些学生一定是因为逃走遭到责备，所以说了谎。三郎先生也说很可能是这样。”

“但如果不是说谎呢？”

菜菜子感受到内心的激动。这一天终于等到了。

“什么意思啊？菜菜子，完全听不懂你在说什么。刚才我们问你久美香是不是真的能走路时，你那么生气。现在说有人看到她走路，你竟然……好像很高兴。”

“我真的很高兴啊。因为医生说，久美香无法走路是心因性的，只要相信她，总有一天她就能够走路，但久美香完全没有这种迹象。只不过即使只是很短暂的时间站起来走路，我相信一定很快……”

菜菜子哽咽起来，无法继续说下去。她很想赶快告诉修一。

“饶了我吧。你为什么不一开始就说是心因性的？”

光稀尖声问道。

“我没说吗？”

“根本没说啊，对不对？”

光稀向澄玲确认。澄玲用力点着头。这时，手机铃声响了。铃声从澄玲皮包中传来。澄玲背对着她们接起了电话。

“啊？！”澄玲的后背僵在那里，然后缓缓地转过头。

“有人在网络上留言，说久美香可以走路……”

“啊！”光稀抱着头。只有菜菜子搞不懂到底哪里有问题。

第六章

折断的翅膀

“芝田埋在鼻崎岬的金子被艺术村的人找到的传闻，搞不好是真的。”

“对不对？我之前就觉得，那些房子不是都造得很漂亮吗？包括买土地的费用在内，少说也要三千万日元。那些人和我们年纪差不多，到底哪来这么多钱？艺术家应该很难申请到贷款。”

“我也这么觉得，而且他们看起来也不像是名人赚了大钱之后，来乡下地方修身养性。原本以为是我孤陋寡闻，上网查了一下，也只查到他们自己的网站而已。”

“感觉这些人因为在主流社会混不下去，所以才来这里寻求新天地。”

“我懂。把这里打造成自己的乐园，说什么艺术不是和他人竞争，只要能够满足自己就好。”

“但那些东西的价格可不便宜，真想告诉他们，你的作品根本不值那些钱。虽然大家不会买，也没必要说，但大家都这么觉得吧？”

“他们自以为对振兴城镇有贡献，一副高高在上的态度，把我们当成是不懂文明的人吗？搞什么啊……话说回来，他们到底靠什么为生？”

“也有人很卖力地做生意啊。”

“至少那个人没有金子吧。”

*

相场光稀和澄玲、菜菜子在鼻崎乌托邦商店街一丁目的堂场佛具店前道别后，走向四丁目的“小天使”。

传闻说，不良于行的久美香其实能够走路。三个人去光稀家讨论这件事，但菜菜子和澄玲没有搞清楚到底发生了什么状况，陷入了恐慌，即使光稀对她们说："你们冷静一下，我们再来好好讨论。"她们也完全听不进去，两个人都好像在自言自语般嘀咕着，最后决定改天再讨论。

这是三个人创立的"克拉拉的翅膀"的问题，但澄玲和菜菜子似乎并不想和眼前的合作伙伴讨论。

伙伴？光稀停下了脚步。也许只有自己这么想。吊饰都由澄玲负责制作和销售，菜菜子的女儿久美香是整个团体的象征。光靠她们两个人，"克拉拉的翅膀"就可以成立。彩也子的作文和光稀的人脉只是刚好被利用而已，最好的证明就是之前接受电视采访时，把彩也子排斥在外。早知道，当时就应该退出。

话说回来，不妨坚称是遭到了利用。自己的确是今天第一次听到久美香无法行走是心因性的。没什么好担心的，做自己该做的工作就好。

光稀抬起头，走向自己和其他伙伴创立的店。

下午五点之前，必须完成一个客人订购的商品。如果没有收到澄玲的电子邮件，原本打算上午去店里，所以并没有把材料带回家，但因为已经决定了要做的造型，所以两个小时就可以轻松完成。订购的客人姓小野，是住在商店街附近一个之前就认识的家庭主妇。她朋友的丈夫在八海水产工作，准备搬家离开，她打算用不凋花作为欢送的礼物。光稀打听了名字，发现自己并不认识。其实光稀只认识八水的一小部分员工。虽然住在公司的宿舍，却完全不知道谁和丈夫同一个部门。在工厂可能会关闭和裁员的传闻出现之后，也很少和那些太太一起吃午餐了。即使这样，自己至少还有"小天使"。

今天有两个人看店，看到虽然不是住在员工宿舍，但很熟的里香和真纪在店里，不由得松了一口气。她们两个人把头凑在一起，坐在收银台旁的作业台前，正在制作串珠项链。

“啊，光稀，你的事情处理完了吗？”

里香说。真纪也在刚好告一段落后抬起了头。

“今天不用上课，我们两个人看店就够了。”

她们说话的语气并没有不悦，而且把珠子拿到一旁，为光稀腾出了位置。

“谢谢，但因为有一个订单。”

“你是说小野太太的吗？”里香问。

“是啊。”

“已经交给她了。”

“啊？”

开店后不久，小野打电话到店里，说欢送会的时间改了，所以希望下午一点到店里拿商品。

“因为你说上午不能来店里，我们不知道该怎么办，幸好材料和工具都在店里，所以我和真纪就赶在小野太太来之前完成了。”

听她的语气，似乎希望光稀称赞她们。虽然自己说上午要请假，但如果有紧急的事，至少应该传电子邮件通知自己啊。光稀把原本冲到喉咙的话吞了下去。

“我们还拍了照片，这样才能向你报告。”

真纪从刷毛夹克的口袋里拿出了智能手机，好像古代人在秀放印章的印笼般举到光稀面前。因为距离太近，光稀退后了一步。

这是什么啊？光稀差一点儿昏倒。粉红色心形的玻璃容器内塞满了白色、粉红色和紫色的玫瑰，又不是大家庭吃的沙拉。

“你不觉得我们进步了吗？”

真纪自信满满地问。

“因为是欢送会要送的礼物，所以我们做得比平时更豪华！我们这么告诉小野太太后，她很高兴，说不相信只要三千日元，还说下次她朋友结婚，也想要送不凋花。”

里香继续说道。

“是……是噢，谢谢……”

光稀很想知道自己脸上的表情。上面使用了大量的玫瑰，看起来当然不止三千日元。如果小野太太下次来订购，无论光稀做得多么好，对方也会觉得不满意，到时候，这两个人就会很得意，觉得客人对自己做的不凋花更满意。也许该告诉她们，光是花的成本，就要将近一万日元，只要在措辞上小心谨慎，避免她们认为否定了她们帮忙这件事就好。

构思很棒，只是使用的不凋花成本太高了。只要这么说，她们一定能够了解，但是，光稀的脑袋深处亮起了黄灯。现在还是不要和她们之间有任何嫌隙为妙。大家早晚会知道久美香能够走路这件事，既然这样，应该设法拉拢她们，让她们觉得“小天使”才是自己的天地，自己只是被“克拉拉的翅膀”利用了。

“要不要泡茶？”

光稀没有等她们回答，就走到店后方，用电热水瓶泡了三杯洋甘菊茶，端到作业台上。这种时候，最好有订购的点心搭配，只是现在后悔也来不及了，可以打听一下她们喜欢吃什么。菜菜子和澄玲虽然对东京名店的商品不捧场，但聚集在这里的人会喜欢。

“对了，我有一件事想打听一下。”

光稀喝了两口茶后开了口。

“什么事？”里香问道。

“关于堂场久美香车祸的事，我不是很清楚，她到底是受了什么伤？”

“嗯，我也不是很清楚，但你不是和堂场太太很要好吗？”

“我们是因为两个女儿变得很熟，所以反而不方便问。”

“嗯，我能理解。该怎么说？整条商店街都好像有默契，不可以提起久美香的腿的事。虽然是顾虑到堂场太太，但更因为不想惹到车祸当天担任导护的‘玫瑰发廊’的舟桥太太。”

“玫瑰发廊”是三丁目的发廊，但光稀从来没去过。之前购物节筹备会时，每次都是舟桥先生来参加，他看起来是一个温和的人。

“是啊，如果我站在她的立场，只要看到久美香坐在轮椅上，就觉得好像在责怪自己。”

虽然光稀想问的不是这些事，但还是一脸诚恳地点了点头。

“光稀，你该不会从哪里听说了久美香装病的事？”

真纪问道。她笑嘻嘻地抬眼看着光稀，就像是很想说出内心秘密的小孩子。我要问的就是这个！光稀在内心拍着手，但故意皱了皱眉头，显示她并不知道这件事。在这件事上必须格外小心谨慎。

“有这种传闻？”

“在同学们的家长之间是无人不知的事，但我不想被堂场太太知道，是我告诉你的。”

“我绝对不会告诉她。”

“反正是小孩子在说的事。”

真纪说了这句开场白之后，告诉光稀久美香装病的传闻。

鼻崎第一小学以前从来没有坐轮椅的小孩上学，所以，即使再怎么吹捧，也很难说无障碍设施很完善。但在久美香入学时，设置了斜坡道，并改装了一年级教室所在的校舍一楼的厕所。明年打算增建电梯，但目前只有楼梯，所以去音乐教室等需要上下楼梯的教室时，会有支援学生协助久美香。但在上厕所时，只要去有轮椅专用的隔间，就不需要他人协助。

“因为是轮椅专用的厕所，独立上厕所当然没有问题，但她上厕所的速度很快，和正常的孩子差不多。不过，这可能是训练的结果，无法证明她真的能走路。”

光稀听了真纪的话，不知道该做出什么反应，只能回答说：“是啊。”她反而觉得小学一年级的学生会因为这种小事产生怀疑很可怕。

“那些孩子一开始可能觉得需要帮忙，只不过有一天，发生了一件决定性的事，对不对？”

真纪征求里香的意见。光稀觉得该不会只有自己不知道这件事吧。

“上音乐课时，久美香可能肚子痛，说要上厕所。以前老师都会叫学生忍到下课，但最近认为这也算是一种体罚，所以学生在上课时，也可以随时去上厕所。老师像平时一样，没有确认是谁去上厕所，就回答说好啊。过了一会儿，老师才发现是久美香，而且音乐教室所在的楼层没有无障碍厕所。老师慌忙准备冲出教室去找她，结果发现久美香已经回来了。”

“因为一个人没办法上厕所，所以回来了吗？”

“老师也这么问她，但久美香回答说，她不想上厕所了，只不过脸上的表情很轻松。她当然没有尿在裤子上，所以其他同学都觉得，久美香应该上了厕所，也就怀疑她其实可以走路。”

“但也可能她真的去了厕所，然后又折返回来啊。虽然一开始觉得肚子胀胀的不舒服，于是就去了厕所，到了厕所门口一看，不是无障碍厕所，只好折返回来，结果就想说算了，不想上了。”

“虽然很想这样解释，但是，一旦觉得她其实能够走路，大家就会仔细观察，所以就经常听到类似在公用电话前掉了电话卡，结果她就站起来捡电话卡之类的目击消息。”

“既然这样，小孩子应该会告诉老师，向菜菜子确认，不是吗？”

“这可不行，因为如果有人去告状，就会被认定没有同情心。别看菜菜子那样，说话可不饶人。她爸爸是医生，所以她是千金小姐，尤其她父亲和看起来像是不良少女的年轻女人再婚之后，她就自我封闭，脾气越来越别扭了。”

光稀几个小时前，才见识过菜菜子明确表达自己的主张。

“她老公倒是很风趣，所以我叮咛我家的孩子，别去管久美香的事，我相信其他学生的家里应该也差不多。”

“这样应该比较好吧？”里香说。

真纪偏着头，似乎感到纳闷。

“因为‘玫瑰发廊’的老板娘也明确说，她当时并没有疏失，久美香很可能只是假装无法走路，故意让她难堪。我之前也怀疑过，但既然她在杂志和报纸上都强调自己不能走路，应该是真的吧。”

“你能断定吗？”

“最近有很多捏造的新闻，所以媒体在报道之前，应该会要求提出诊断书吧。光稀，对不对？”

光稀从来没有听说过这种事，而且可以断言，在接受《FLOWER》的采访时，并没有要求提出诊断书，但目前不能提这件事。

“我只是搭便车去参加而已，所以详细情况也不太清楚。最近的采访也都只需要澄玲和久美香参加，她们似乎打算今后也按照这种方式进行。”

“这也太过分了吧？”

里香大声抗议，好像是她遭到了排斥。

“是啊，不是因为彩也子的作文，才有今天的一切吗？”

真纪也点着头说道。单纯的反应反而证明了她们没有心机，光稀开始喜欢她们，不凋花的事根本不重要了。

“谢谢。只不过我觉得差不多该见好就收了，也不好意思一直给你们添麻烦，以后我会专心投入‘小天使’的工作。”

光稀面带笑容地看着她们两个人，似乎在说：“以后就拜托了。”停顿了三秒后，里香才回答说：“太好了。”

“虽然有不少人对‘克拉拉的翅膀’很有意见，但我们很支持噢。”真纪说道。

光稀觉得乌云好像又飘回了才放晴的心头。难道“克拉拉的翅膀”引起的反感超乎自己的想象吗？

光稀去小学附近的钢琴教室接了彩也子，母女俩一起回到家。光稀心想，幸好今天不是去久美香家的日子。“老师叫我左手的无名指和小指要多练习。”彩也子在车上把上课时老师指导的内容，全都告诉了光稀，但光稀连一半都没听进去。

回到家时，彩也子发现了桌子上的饼干。

“粉红色的旋涡饼干。”

彩也子说完，没有洗手，就把一块紫地瓜的饼干放进嘴里。光稀非但没有制止她，今天一整天发生的事反而顿时浮现在脑海，她叹了一口气，深深地坐进餐桌旁的椅子上。

有人看到久美香走路。久美香的不良于行是心因性造成的。这两件事已经够令人震惊了，没想到这个城镇的人竟然若无其事地谈论久美香可以走路这件事。这已经不是心因性范畴的问题，而是彻底怀疑久美香是装病。这些议论也传入了菜菜子的耳朵，但菜菜子完全不相信小孩子的这些传闻，认定久美香无法走路，只要有人否认，就痛斥对方。难道她不希望久美香可以走路吗？不，当菜菜子听说久美香真的能走路时，脸上兴奋的表情不像是装出来的。

真相到底如何？

“妈妈，你没事吧？”

彩也子走到光稀身旁，探着头问她，额头上的疤痕刚好出现在眼前。如果久美香会走路，彩也子岂不是白白受了伤？

“我没事。”

光稀抚摩着彩也子的头，用刘海儿遮住了疤痕。

“太好了。”彩也子露出满脸笑容。

“彩也子，我问你……”

光稀为自己脱口说了这句话感到后悔，慌忙用手捂住了嘴。彩也子微微偏着头。没必要犹豫。当时不在场的人再怎么讨论那些在火灾现场的高中生所说的话是真是假，也不可能了解真相。

“虽然快吃晚餐了，要不要一起喝可可或红茶？这些饼干是购物节时，在食堂帮忙的那些高中生姐姐做的。”

“哦，是噢，我刚才吃了一块，很好吃。”

彩也子拉开椅子回答。

“虽然隔了有点儿久，但她们说谢谢火灾发生时大家帮忙，所以送了这些饼干。你可不可以把当时的情况从头到尾告诉妈妈？”

彩也子看着桌上的饼干，色彩缤纷的可爱饼干看起来的确像是真心赠送的礼物。

“好啊。”

彩也子露出清澈的眼神看着光稀，很有精神地点了点头。

*

每天丈夫修一为久美香洗完澡后，菜菜子都为她按摩双腿。久美香虽然双腿无法活动，但并没有僵硬，所以膝盖和脚踝都会随着菜菜子的动作顺利弯曲。

“关节的活动好像比之前更灵活了。”菜菜子忍不住兴奋地说道。

“是吗？”久美香的反应和平时没什么两样，也感受不到她的腿有不正常的反应。

“等一下多吃点儿饭，好好休息。”

菜菜子也发现自己说话的声音有点儿兴奋。

“你今天有什么开心的事吗？”

先坐在餐桌旁喝罐装啤酒的修一问菜菜子。

“没有啊，只是觉得久美香的腿比之前有力，所以觉得很开心。”

虽然菜菜子很想赶快告诉修一，但无法在久美香面前说这件事。久美香一脸错愕地看着菜菜子。

“是啊，她最近好像也长高了。”

修一说完，走到客厅，“嘿哟”一声，好像比平时更费力地把久美香抱到轮椅上，用大手抚摩着久美香的腿。“真的吗？”久美香兴奋地把双手放在自己的头上，似乎在确认自己的身高。

"要统统吃完，才可以长得更高。"

菜菜子用比刚才更兴奋的声音说完，做出胜利的姿势，擦了擦眼睛。

把久美香带去睡觉后，菜菜子拿了啤酒给正在客厅看电视的修一，对他说："我有重要的事要告诉你。有人看到久美香走路了。"

菜菜子克制着兴奋说道。修一的反应却很冷淡。

"搞什么啊？又说她装病吗？"

"不是，是在火灾现场……"

菜菜子把白天听澄玲说的购物节当天的事转述给修一。

"可能是想要逃命的想法让久美香站了起来，这也算是自我防卫本能吧？因为出现了危害性命的危机，所以大脑发出了强烈的指示。"

虽然菜菜子双手抓住修一的手臂，说出了她所有能够想到的话，但修一的反应仍然没有改变。

"是吗？我倒觉得像大家说的那样，那几个高中生只是想要推卸责任，才会说这种借口。"

"只因为对象是坐轮椅的小女孩，就马上想到这种借口吗？"

"距离购物节结束已经很多天了，而且，如果久美香真的可以站起来自己逃跑，为什么彩也子会背她？而且为了救她，自己受了伤。"

"这……也许那几个高中生说得有点儿夸张，久美香站起来走了几步，但没办法继续走下去。因为她已经一年多没走路，不可能一下子就走得很稳健，所以彩也子才会背她。"

"你这么说虽然比较合理，但既然久美香能够站起来，为什么没有告诉我们？"

菜菜子哑口无言。修一说得没错，久美香比任何人都清楚，全家人都衷心期盼她能够走路。当她会做算术，或是学会口风琴时，都会得意地向父母报告，菜菜子和修一每次都尽力称赞她，如果得知她能够站起来，一定会紧紧抱着她，发自内心地称赞她的努力，但是……

“一定是‘克拉拉的翅膀’的关系。”

菜菜子的脑袋里好像亮起一盏灯，她深信就是这么一回事。久美香一定是因为发生车祸时的恐惧挥之不去，所以到现在仍然无法走路。只要维持轮椅生活，就会有人保护她。但她和彩也子都是小孩子，在购物节的会场遇到了火灾，身旁没有大人可以保护她，威胁生命的危机迫在眉睫，身体对这种恐惧做出了反应，只不过当时僵硬的双腿无法自由活动，于是只能让年纪并没有比自己大多少的朋友帮助自己。

久美香一定很想马上向父母报告自己终于能够站起来的事，但火灾的恐惧和让朋友受伤的罪恶感掩盖了这份喜悦，所以无法立刻说出口。

原本打算在心情平静之后再说，但那时候已经变成了“克拉拉的翅膀”的广告牌人物，通过杂志的采访，一次又一次声援全国的轮椅族，也被迫说了“我们一起加油”。即使是小学一年级的学生，也知道不可以说“我的腿可以动了”这种话。

和大人相比，小孩子往往认为自己说的话刊登在杂志上是一件很重大的事。之前从来不曾带久美香出门旅行，离开鼻崎町的次数，两只手都可以数得出来。因为接受《FLOWER》的采访去东京时，久美香看到来来往往的人潮时，目瞪口呆，说不出一句话。大人当然知道，即使《FLOWER》是当红的杂志，在东京车站内来来往往的人中，也只有一小部分的人知道这本杂志，但久美香觉得所有人都看到了自己说的话，看到了自己坐在轮椅上的照片也不足为奇。

绝对不能告诉别人自己能走路了。虽然火灾发生时，感觉自己掌握了活动双腿的诀窍和时机，但她告诉自己绝对不能走路的想法，可能掩盖了车祸发生之后，一直非常积极的态度。

修一看到菜菜子一言不发，失望地叹了一口气，好像在暗示菜菜子不要一直挡在电视前。

“即使久美香在火灾时真的曾经站起来，也不要去问她，或是激励她说。既然之前站起来过，就要继续努力。万一变成一种压力，让她拒绝坐轮椅去学校就惨了。不必理会别人说的话，在久美香自己有所行动之前，一切保持原状最理想。但是，我也赞成和‘克拉拉的翅膀’保持距离。在这个城镇，只要做一件出头的事，就会有十个谣言，我已经受够了那些人老是说一些无中生有的事。”

修一说完，拿起桌上的遥控器，把音量调大。菜菜子认为修一在暗示她，这个话题到此结束，于是站了起来。菜菜子也赞成修一的意见，但完全没有夫妻同心的感觉。

结婚以前并不是这样的。虽然修一看起来和自己的个性完全相反，但菜菜子同意他说的每一句话，修一也接受菜菜子的所有意见，经常说：“我能理解。”然后，他们有了久美香，成为一家人……

如今，只有久美香在的时候，夫妻才会有心灵相通的感觉。但是，菜菜子觉得这就是婚姻，这就是家人。

虽然澄玲和光稀昨天一副好像出了大事般的态度找上门，但隔了一晚之后，对菜菜子来说，和前一天没什么两样，她像往常一样送久美香和修一出门，洗完衣服，打扫完房间，在上午十点开店营业。

自己到底为什么坐在这里？很确定的是，并不是为了现金收入，也不是像光稀她们的店一样，是享受兴趣的地方。自己虽然不会特别讨厌，却也不会感到高兴，也没有机遇。只是自己本来就没有追求这种东西，但真的是这样吗？

“早安。”

店门拉开，客人走了进来，是宫原健吾。

“昨天谢谢你。”

菜菜子虽然嘴上道谢，但昨天是澄玲叫健吾看店，并不是菜菜子拜托他。

“今天有什么……”

昨天虽然仓促道别，但模特的事应该已经明确拒绝他了。只不过无论怎么看，健吾夹在腋下的都是素描簿。他可能要去车站，顺便进来看看。

“我想来看看你还好吗？昨天在那之后，澄玲看着网络上的留言，紧张得不得了。”

健吾说话的同时，熟门熟路地在给客人坐的椅子上坐了下来。

“要不要喝咖啡？”

菜菜子猜想他会婉拒，没想到健吾笑着说了声“谢谢”。无奈之下，菜菜子只好去准备速溶咖啡。

“我太害怕了，所以不敢去看，网络上面的留言这么恐怖吗？”

“不必在意，看起来像是鼻崎高中的学生说，看到‘克拉拉的翅膀’的轮椅女孩走路，然后有一些留言回应而已。也有人质问他们是不是看错了，训斥不该随便留言。”

菜菜子把咖啡杯放在健吾面前，在他对面坐了下来，然后从叠在桌角的一堆商品目录中拿了一本，随便翻开一页，放在健吾面前。

“这是要掩饰吗？”

健吾露齿而笑。菜菜子不希望看到他露出这种好像两个人在密谈的表情，因为即使这样伪装，路过的人也不会认为健吾上门是来谈论佛坛的事。

"我也有所准备了。"

健吾把竖在椅背上的素描簿拿了过来，放在商品目录上面。

"请你当绘画模特这件事，我还没有放弃。我想过了，既然你没办法安排时间，那就在这里画，你觉得如何？"

"呃……"

菜菜子思考着该如何回答。他为什么不了解自己说无法离开店里，连离开一个小时都有困难，意味着自己并不想当他的模特，也就是并不想让他画自己？

"不瞒你说，我今天上门，是想要和你商量，能不能把这个店面分租给我一点儿空间，我想拓展新的生意。"

"你要在这家店做什么？"

"肖像画。"

菜菜子在脑海中回味着健吾缓慢而流畅地说出的词，同时想起了连续剧和电影中看到那种外国人家的客厅，那里经常挂着看起来很有威严的男人的画，还有穿着漂亮礼服的女人的画。是那个吗？

"这和佛具店有什么关系？"

商店街上不是已经有艺术村的人开的工房了吗？

"虽然不是遗像，但我想应该有很多人除了照片以外，还想用绘画的方式留下自己生前的样子。只是肖像画往往让人觉得是有钱人的兴趣，相信大部分人根本不知道去哪里请人画肖像画。我认为绘画可以进入日常生活中，所以收费不会太贵，希望这个商店街和附近的居民可以利用工作的空当，穿着便服来这里坐一下，让我为他们作画，然后期待自己的肖像画慢慢完成。你不觉得这是个很好的主意吗？"

健吾说话时探出身体，菜菜子的身体微微后退，点了点头。商店街的会长应该很乐意有自己的肖像画。

“我相信应该有很多人希望用绘画的方式，为生日、成人式和七五三节这些重要日子留下纪念。”

“如果是画遗像也就罢了，想要为这些喜庆的日子留下纪念的人，会来佛具店被画肖像画吗？你在海岬那里的房子风景优美，不是很适合作为绘画的地点吗？”

“嗯，要等以后步入轨道的时候才行，那里不是别人随便逛逛会去的地方。而且，一开始是遗像的感觉也没关系，我锁定的客层是这个城镇上有钱有时间的人。当然，我会付租金，也绝对不会影响佛具店的生意。”

菜菜子光是想到和健吾长时间在同一个空间，就提不起劲了，但这种话说出来就太没礼貌了，更何况不需要马上回答他。

“好，我会问问我老公。”

“但这家店不是都由你做主吗？”

他为什么不肯罢休？

“目前是这样。”

“因为离家出走的婆婆可能会回来，所以在她回来之前，你就继续守着这家店吗？但是，已经五年了，你决定等多久呢？”

菜菜子皱起了眉头。

“这些事，你是从哪里听来的？”

“对不起，我不该谈论你的隐私。昨天我在这里看店时，商店街的会长先生刚好来送宣传报，就是放在收银台旁的那些。那时候，我们稍微聊了一下。”

健吾完全不感到尴尬。菜菜子感到怒火中烧，不知道他们到底聊了什么，看来绝对不能把这家店分租给他。

“你知道最近这一带的传闻吗？”

健吾压低嗓门说道。除了久美香的腿以外，还有什么传闻吗？菜菜子摇了摇头，很想叹气。

“听说凶手回到这个城镇了。”

即使在阳光灿烂的店内，菜菜子也立刻知道是在说哪一起事件。

“你是芝田吗？是那个人吗？”

“没错，没错，听说有人看到了五年前在岬城杀了人，之后就下落不明的芝田。”

健吾就住在命案发生的地点，但他说话的语气好像在说什么笑话。

“难以想象遭到通缉的人会回到命案现场。”

“听说他把从老人那里抢走的金子埋在命案现场附近，最近回来要把金子挖出来。说到这个地步，听起来就觉得充满了幻想。”

菜菜子的视线从健吾身上移开后站了起来。她觉得口干舌燥，在茶壶里泡了绿茶，为健吾和自己准备了两个茶杯。

“是不是吓到你了？”

“不……如果城镇上有凶手，比起我自己的安危，我更担心小孩子。”

“是啊，会长先生也在担心，正在考虑要不要请警方加强巡逻。会长先生就是在那个时候聊到你婆婆也是在那个时候离家出走的。”

“你到底想说什么？”

菜菜子知道自己的声音变得很严厉。

“如果我问话的方式太失礼，容我向你道歉，但也许你婆婆不是离家出走，而是被卷入了事件……”

健吾把脸凑了过来，似乎在观察菜菜子的眼神。菜菜子咬紧牙关，紧盯着健吾的眼睛，自己绝对不会眨一下眼睛！

“这种事，警方应该早就调查过了。我一直在这里胡说八道，你可能会拒绝肖像画的事，所以我差不多该闪人了。”

健吾站了起来，用力伸着懒腰，一口气喝完了绿茶，说了声：“谢谢招待。”放下了杯子，把素描簿夹在腋下走向门口。

“那个……”

菜菜子对着他的后背叫道。

“我婆婆离家出走和命案无关，她并不是在命案发生那一天离家出走，而且当天也在家里。请你不要随意乱说这些不负责任的妄想，她是对照顾我公公感到疲倦了。”

菜菜子直视着健吾说道。

“我好像惹你生气了，真对不起。”

“这无关生不生气，我之前就想找机会对澄玲说，希望你们不要为了打发无聊，把我的家人卷进去。”

菜菜子发现健吾的脸瞬间僵住了。

“我姑且把你这句话理解为，你很羡慕我们在做自己喜欢的工作，每天都过得很开心。”

健吾丢下这句话后，反手关上门走了出去。虽然他假装漫不经心，但菜菜子发现他拿着素描簿的手臂微微颤抖。但是，菜菜子目前最关心的并不是健吾。

芝田回到了这个城镇，而且在找金——

*

星川澄玲认为，久美香能够走路的留言虽然没有造成轰动，但在以一定的节奏慢慢扩散。难道三郎没有去说服那些学生吗？还是说，已经为时已晚了？留言果然来自鼻崎高中的那些学生，虽然三郎看起来已经完全融入了这个城镇，但三郎老师的声望似乎不如想象中那么有用。

不光是那几个高中生，那则留言引起的涟漪，看起来都像是久美香身边的人所写的内容。久美香可以一个人去上厕所。这种回应显然是和久美香读同一所小学的学生家长写的，甚至有些回应还波及彩也子。

“既然轮椅女孩装病曝了光，接下来恐怕要以另一个女孩额头的疤痕为卖点了。”

“干脆制作亚洲黑熊的吊饰不就好了吗？”

如果光稀看到这则回应，不知道会责怪谁。目前并没有任何留言批评澄玲的作品，难道菜菜子和光稀比澄玲想象中的更不受欢迎吗？

一直看网络上的留言也无法想到任何解决方案。澄玲打开邮件信箱，决定确认吊饰的订单，发现有两件取消了，退货的理由都说原本是为了公益决定购买，如今产生了怀疑。

不必紧张，才两件而已。不，已经有两件退货了。因为付款方式是请客户收到商品后，从银行汇入指定账户，所以在寄出商品之前接到退货联络，处理并不困难，但如果已经购买的人想要退货，到时候该怎么办？

这种时候很需要健吾帮忙，但他一大早就拿着素描簿出门了。昨天晚上也一直坚持不必在意。他去菜菜子的店，真的是为了买线香吗？之前完全没有发现，但最近才想到，健吾在和澄玲交往之前的女朋友，就是像菜菜子那种乖巧、柔弱的女生。

不知道菜菜子对健吾有什么想法。菜菜子的丈夫每天都会帮久美香洗澡，澄玲虽然只见过他几次，但他总是满脸亲切的笑容，感觉为人开朗爽快。虽然久美香的腿让他们承受了不少压力，但他们一家三口看起来很幸福、很温馨。没想到光稀说，菜菜子的丈夫之前有外遇。原本以为像光稀这种女人的老公才会有外遇，看来即使是朋友，也很难了解彼此家庭内部的情况。

澄玲很受不了昨天菜菜子说的那些歇斯底里的话。

手机响了。该不会又是退货？澄玲不由得紧张起来，发现屏幕上显示的是在“花咖啡”上班的菊乃的名字。即使这样，也不能安心，可能有人直接去“花工房”退货。澄玲战战兢兢地按下了通话键，电话中传来菊乃柔和的声音。

“我烤了准备推出的新甜点，你要不要来尝尝味道？澄澄，你不是喜欢吃甜塔吗？”

如果在平时，澄玲会立刻回答：“我马上去。”但今天她的鼻子深处有点儿酸酸的，无法顺利回答。

“谢……谢谢……我马上过去。”

她用沙哑的声音回答后，关掉了电脑。

今天的天气很不错，但风很大。她不想围那条用菜菜子送她的编织花加工的围巾，也讨厌向美玲买的那条据说是用大波斯菊染色，但只是普通茶色的披巾。最后，她把立领大衣的扣子一直扣到最上面那一颗，然后走出了家门。

从沿海的坡道可以看到海浪翻腾。向往天空的大海用力伸出的手变成了翅膀，只要有翅膀，就可以飞向梦想中的地方。

到头来，根本飞不到任何地方。

“花咖啡”内没有其他客人的身影，距离午餐还有一段时间。虽然这里九点开始营业，也准备了早餐的餐点，但本地的老人都去更早就开始营业的咖啡店。他们可能对班尼迪克蛋没有兴趣，只要有吐司和白煮蛋就足够了。

澄玲坐在咖啡店正中央的大桌子角落，菊乃立刻为她泡了咖啡。她准备了两个杯子。澄玲看向门口，以为琉璃子也要来，但咖啡端上桌之后，仍然不见琉璃子的身影。菊乃把装了甜塔的盘子拿过来后，在澄玲身旁坐了下来。

“我打算取名为花咲塔。”

甜塔如其名，直径约七厘米的圆形塔皮上盛开着紫色的花田。

“我把紫地瓜糊打得很细。”

“叶子形状的饼干是不是加了菠菜？”

“答对了！通常会认为是抹茶。”

“塔皮有点儿黑黑的，是不是加了黑芝麻？”

“完全正确。原来你也调查了这里的特产，原本还想趁你吃的时候，再得意地向你说明呢。”

“我……”

澄玲是因为前天吃了三郎带给她的饼干才知道的。

“请你对味道也提出严格的评价。”

澄玲在菊乃的催促下，拿起了叉子，好像要把花田铲开般直直地叉了下去，花田碎裂成放射状，她把其中一块放进嘴里。

“好吃。”

“真的吗？这不是我做着玩的，所以要以商品的标准来判断。”

“我知道，可以充分感受到紫地瓜和黑芝麻的味道，蜂蜜的香气和甜味超赞。”

澄玲在吃的时候，再度感到鼻子深处酸酸的。不光是自己，菊乃也很爱鼻崎町，在这里生活的同时，努力用自己的方式传达这个城镇的魅力。一旦“克拉拉的翅膀”的负面评论扩散，很可能会影响到艺术村所有的人，也许会被视为诈骗集团。

虽然明明是菜菜子在骗人。

“我听琉璃子说，外面在流传久美香在火灾时自己走路了。”

又是琉璃子多嘴。澄玲感到怒不可遏，但看到菊乃用温和的眼神看着自己，觉得让菊乃知道反而是一件好事。澄玲告诉菊乃，昨天才知道久美香是因为心因性无法走路。

“……我和光稀都被骗了。”

“你为什么会这么解释？”

“啊？”

“有很多人因为心因性的疾病饱受折磨。这根本就像在说，因为关节和肌肉受伤无法走路的话值得同情，但因为心理的疾病不良于行的人就是装病。菜菜子被外界用这种眼光看待，内心一定很痛苦。”

虽然菊乃的语气并没有责备，但澄玲还是移开了视线，手指摸着木桌子的年轮。

“但是，她可以在一开始说清楚啊。”

“你有问她，但她没有说清楚吗？”

澄玲回想起在小丑西餐厅吃午餐时的谈话，菜菜子当时推心置腹地说了难以说清楚的事，难道是自己和光稀理解错误吗？

“因为我们完全没有想到久美香会是因为心理因素无法行走。”

“如果你一开始就知道是心因性导致，就不会创立‘克拉拉的翅膀’

了吗？”

虽然这是昨天出现的问题，但澄玲到前一刻为止，完全没有想过这件事。如果那天吃午餐时，菜菜子说得很清楚，自己会怎么回答？

久美香在车祸发生时一定很害怕。即使曾经遭遇严重的车祸，但马路上仍然到处都是车子，也许需要一点儿时间，才能消除久美香内心的恐惧，但她绝对可以再度走路，我也会声援你们。

“我想应该还是会创立。”

“然后听说了火灾时的事之后呢？”

“也许会感到高兴。”

澄玲这一刻才终于了解菜菜子当时为什么会露出那么激动的表情。

“太好了。”

菊乃露出松了一口气的笑容。

“我们艺术家想要创造能够打动人心的作品，既然我们诉诸的是人心，就绝对不能否定心理疾病。幸好你自己发现了这一点，我终于放心了。”

原来菊乃找自己来这里，是为了和自己说这些话。澄玲只说了一声：“谢谢。”

“我做了很多甜塔，如果你想要送人，我可以帮你装在盒子里。”

“那我要两盒，各装两个。”

澄玲想要送给菜菜子和光稀，她想象着两个孩子双眼发亮的样子。

门打开了，铃声响起，显示有客人上门。

“果然是澄澄。”

光稀走了进来。她似乎在去“小天使”的途中，在窗外看到了澄玲的身影。

“我有事要告诉你。”

“你传邮件给我就好了啊。”

“哎哟，我传了啊。”

听到光稀这么说，澄玲这才发现把手机忘在家里了。

“菊乃做了新的甜塔，我正想拿去给你，你要现在吃吗？”

“我要去店里为下午的课做准备工作，只要咖啡就好。”

光稀说完，坐在拿着杯子离开的菊乃刚才坐的位子上。

“你要告诉我什么事？”

“我昨天晚上问了彩也子火灾当时的情况。无论传闻怎么说，只有当时在现场的人才知道真相，不是吗？如果我问她的时候显得很烦恼，贴心的彩也子即使说谎，也会说出让我安心的回答。所以我就先表示，如果久美香可以走路，那就太好了，然后问她当时的情况。”

的确，当时彩也子就在久美香旁边。

“结果呢？”

虽然澄玲刚才告诉自己，即使久美香真的能走路了，也应该为她感到高兴，但还是忍不住感到紧张。

“食堂后方传来失火的叫声，久美香想要赶快逃，所以打开了轮椅的刹车杆，想要改变方向。这时，坐在她背后的大婶站起来时用力把椅子向后拉，撞到了轮椅，结果久美香双手向前伸，身体也向前倾倒，但并没有完全倒在地上。因为门口很拥挤，所以有点儿像是用直立的姿势撑在前面逃跑的人的背上。”

“那几个学生该不会刚好看到这一幕，误以为她站起来走路了？”

“如果是往好的方向解释，应该是这样。但是，即使她被人推开，而且跌倒在地上，也没有人伸出援手，那几个女高中生也一样，所以彩也子才会背着久美香逃走。”

光稀一口气说完，菊乃把咖啡放在桌上，然后把装了冰水的杯子递到她面前。光稀道谢后接了过去，咕噜咕噜喝了下去。那几个女高中生果然在说谎。早知道应该一开始就向彩也子确认，不，只要冷静思考，就会发现她们在说谎。

如果当时久美香自己能走路，彩也子就不会写下想要翅膀的诗。即使久美香无法顺利走路，只是站起来，彩也子也不会把愿望寄托在翅膀上，只会写希望她可以早日走路。

“光稀，我知道了。而且我觉得，即使久美香的腿是因为心因性无法走路也没关系，因为翅膀的吊饰原本就是诉诸人们的心灵。”

澄玲看了菊乃一眼，吐了吐舌头。菊乃也在吧台内对她露出了笑容。

“我也在确认真相后，冷静地重新思考，发现心因性也没有任何问题。因为我每次都是跳着看重播，所以没有马上想起来，动画中的克拉拉也是因为心因性而无法走路啊，所以，并不完全算是欺骗。”

“对嘛！”

澄玲对动画《阿尔卑斯山的少女》的内容也记得不太清楚，当时只是凭模糊的印象用了克拉拉的名字。得知动画中的情况也相同，她的心情更轻松了。

“而且，我认为模糊了重要的焦点。‘克拉拉的翅膀’并不是为了筹措久美香的治疗费。虽然她发挥了广告牌人物的作用，但吊饰的收入一分钱也没有进入久美香的口袋。只不过这样下去，会让那些以公益目的购买吊饰的人有上当受骗的感觉，所以，我觉得你可以把之前向哪个福利团体捐款的明细公布在网站上。只要了解了金钱的去向，大部分的人应该就会接受了。”

光稀用强烈的眼神看着澄玲，一口气喝完了咖啡，然后放下杯子，问菊乃：“对不对？”

“澄澄，我也赞成。不必提那些传闻如何如何，就用报告的方式，大大方方地公布出来。也许某些福利机构已经用这些钱购买了轮椅和复健的器材。你可以先询问一下，然后征求他们的同意，让你公布照片。”

“这个主意太棒了。”

光稀和菊乃似乎达成了共识，澄玲却不知该如何回答。

“如果机构不是很远，也可以去探视那些孩子。如果将你们交流的照片公布在网站上，就可以消除大家对久美香的误解。最近的机构是哪一家？”

“不……这……”

澄玲甚至不敢看光稀的眼睛，但她的态度反而显示她心虚，只不过她想不到可以用什么话来掩饰。

“该不会……没有捐给任何地方？”

果然被发现了。澄玲轻轻点头，她不敢看光稀脸上的表情，更害怕看到菊乃的表情。

“我在想，等达到一定金额之后再一起捐。”

“一定金额是多少钱？”

澄玲好不容易挤出一句话，被光稀尖声打断了。

“十万？一百万？”

“……一百万，还差一点儿。”

澄玲并不是在找借口，她真的以一百万为目标。

“这才是应该在一开始就说清楚的事，你才是最大的骗子啊。”

“不是。”

澄玲回头看向菊乃。菊乃露出难过的表情，摇了一次头。

“既然这样，‘克拉拉的翅膀’就今天解散吧。你把所有的收入扣除材料费之后，在今天捐给知名的福利团体，然后公布在网站上，说是达到了目标金额，感谢各位迄今为止的支持，宣布活动到此结束。知道了吗？”

怎么可能全额捐出？光稀开店只是家庭主妇在玩开店的游戏，自己是靠陶艺生活。健吾并没有养自己，自己每个月都缴三万日元生活费给健吾，而且粉领族时代的存款已经见了底。只不过现在只能点头，将所有的收入都捐出之事一旦公布，就不会再有人提起久美香双腿的事，也不会追究之前没有捐过任何钱这件事，可以赢回大家的信任。

至于钱的事，以后再考虑。她想起健吾之前告诉她，凶手把金子埋在岬城附近的某个地方。

到头来还是钱，一点儿都不美。澄玲发自内心这么觉得。

第七章

吹向海岬的风

我有一个好朋友，她是一年级的堂场久美香。

久美香目前有一个烦恼。她因为遭遇车祸，没办法走路，所以只能坐轮椅来学校，但周围的人都怀疑她是不是真的不能走路。不光是学校的同学，城镇上的人，以及住在久美香附近的邻居，都在背后议论这件事。

久美香说，她最讨厌被人家一直盯着看。去上厕所的时候，也有好几个女生跟在她后面。她们不是为了协助久美香上厕所，而是站在厕所门口竖起耳朵，听久美香是不是靠自己的双腿站了起来。所以，久美香就一直忍着不去上厕所，结果得了名为膀胱炎的疾病。

久美香的妈妈和学校联络，请老师制止那些跟在久美香身后的同学，但这些同学又想到了其他恶整久美香的方法。他们偷偷地把久美香的口风琴和算术用具放在最上层的置物柜。因为全班都使用相同的东西，所以光看置物柜，老师和其他同学并不知道那是谁的。即使是全班个子最小的同学，也可以拿到最上层置物柜的东西。

只有坐在轮椅上的久美香够不到。

*

海边城镇的冬天虽然很少积雪，但风很大。商店街上冷冷清清，难以辨别是因为季节还是一年四季都是如此。这一个月来，相场光稀只要一有空，就用家用笔记本电脑和手机上网查“克拉拉的翅膀”这个关键词，这已经变成了她的习惯。

之前每次在演讲和电视的新闻报道中听说，有的学生因为在网络上受到攻击而拒学，严重时甚至会发展为伤害事件，她就纳闷为什么现在的孩子都会把那些不负责任的留言当真，甚至觉得有点儿受不了。那些人就是因为没有勇气当面说，才会在网络上写别人的坏话，只要无视这些留言，就不会知道这些诽谤中伤的话。自己在网络上搜寻，根本就是特地去听别人说自己的坏话。

在自己遭到别人的中伤之前，她一直这么想。不，网络上并没有提到光稀的名字，几乎都是讨论久美香的腿，以及批评澄玲的作品，只是不时会出现“亚洲黑熊”这几个字。

“爆发内讧。既然可以走路，就应该自己逃命。要为把女儿变成亚洲黑熊负责！”

这显然是针对光稀的恶意。光稀怒不可遏，几乎可以感觉到太阳穴随着血液的流动而跳动。她想起了彩也子同学的父母在电话中嘲笑彩也子是亚洲黑熊的声音。那个同学的父亲原本很强势，但得知彩也子的父亲是他在公司内的上司后，立刻改变了态度，只是同学的母亲不愿善罢甘休。搞不好是在她余怒未消时，得知了有关久美香的腿的传闻，就幸灾乐祸地写了这些留言。

光稀告诉自己，一旦澄玲公布捐款明细，这些中伤就会平息，并努力让自己的心情平静，没想到自己太傻、太天真了。

得知澄玲完全没有把吊饰的收入捐赠给任何团体时，光稀震惊不已，也开始怀疑澄玲的人格。但在质问澄玲后，澄玲迅速采取了行动，一个星期后，就传了电子邮件给光稀，写着“很抱歉，造成了你的困扰”，同时附上了收据的照片。虽然那张照片让光稀觉得好像在向自己示威“这样可以了吗”，但既然澄玲做了该做的事，自己就无话可说。

收据上印的团体是光稀也知道的社会福利团体。知名的足球选手公开宣布，在每次正式比赛时，只要进球得分，就会通过该团体捐赠轮椅，曾经有新闻节目实际拍摄了该选手送轮椅给行走不便的儿童时的情况。

“吊饰的销售金额已经达到了当初设定的一百万日元，所以这次将相关款项捐赠给福利团体，虽然我们的能力很微小，但衷心感谢各位赞同并协助我们的活动。谢谢。‘克拉拉的翅膀’的活动到此结束，希望各位的爱能够成为更多人的翅膀，也衷心祈祷能够建立一个这样的社会。”

澄玲数天后在网站上更新这段内容时，也附上了收据的照片。虽然吊饰作为“克拉拉的翅膀”的活动到此结束，但网站将继续销售澄玲的作品。客人在留言栏内为“克拉拉的翅膀”停止活动感到惋惜，也有好几个人鼓励久美香和彩也子。光稀看了这些留言，觉得“克拉拉的翅膀”继续活动也没有太大的问题，但在看到另一个网站的内容时，立刻打消了这个念头。

那个网站上只字未提捐赠的事，揶揄“克拉拉的翅膀”是伪善者已经算是很客气的说法了。网站上分享了有人看到久美香走路的消息，还有人计算她几秒就上完厕所。在昨晚新的留言中……

“亚洲黑熊拼命照顾公主，是因为她在班上根本没有朋友。不过，真是太同情她了，她之所以交不到朋友，是因为她妈妈要求她不能和乡下的孩子当朋友。”

光稀完全不了解为什么会有人如此恶意攻击自己，最后想起了那天和彩也子的同学家长通电话时，电话那头不耐烦的声音。

光稀曾经认真考虑要和丈夫明仁商量，用不经意的方式向那个同学的父亲施压，但最后甚至没有把在网络上受到中伤的事告诉明仁，因为明仁说了更让她在意的事。

"……光稀，光稀！"

抬头一看，发现里香一脸担心地低头看着坐在作业台前的光稀。今天上午光稀一个人看店，里香下午一点才会到这里。光稀在上午十点来到"小天使"，觉得并没有过太久。

"咦？你完全没有做任何作品吗？"

里香看着作业台问道。光稀原本打算制作不凋花的材料摊在桌子上，完全都没动。

"今天即使看到花，也没有灵感。"

这不是借口。之前只要看到花的材料，就会在脑海中浮现好几款设计，最近只有模糊的感觉，完成之后，也总觉得不是很满意。

"你身体不舒服吗？刚才看手机时的表情很可怕。"

里香并没有太担心，一边把在家里用钩针编织的花朵形状杯垫放在陈列架上，一边和光稀聊天，但光稀慌忙摸着脸颊，用手指按摩着脸部。

"可能昨天没睡好。"

光稀原本睡眠就不太好，这一阵子似乎更加严重了。

"我知道了！"

里香逼近光稀。坐在椅子上的光稀忍不住后退，紧张不已，以为她发现了自己为网络上的诽谤中伤感到难过。

"你是不是在炒股票？"

"啊？"

光稀发出惊讶的声音反问。

“因为你很聪明，对流行也很敏感，所以我觉得你很适合炒股票。我也有点儿兴趣，听说只要买对股票，就可以赚点儿零用钱，成为化妆品公司的股东，还可以收到新商品的样品。”

“是噢，我虽然没炒股票，但听起来似乎很有趣。”

“啊，你不是在炒股票吗？那请你当作没听到我刚才说的话。圣诞节快到了，你要为店里多做一些作品。”

光稀忍不住看着里香的脸。她这句话是真心的吗？原本以为她们觉得自己碍手碍脚。

“现在店里的成员增加了，大家也都会做不凋花了，不需要我做也没问题啊。”

“不——一——样。”

排放好作品的里香在光稀对面坐了下来，巡视着店内。光稀也跟着她巡视了一下。陈列架上有八成是廉价的二手衣，整家店看起来都很寒酸。

“以前这里专卖大家引以为傲的手工杂货，是一家很有质感的店，不知不觉中，手工杂货变成了附属品。我上次还在和真纪讨论，觉得很对不起当初创立这家店的你。我们邀请朋友一起加入，但大家只当作是玩开店的游戏，现在觉得腻了，推托最近很忙，不再制作作品，也不来看店，我们很后悔当初邀她们加入。”

里香托腮抱怨着。光稀很惊讶她竟然这么担心这家店的事，不知道该怎么回答，于是一言不发地等待她的下文。

“这家店果然只能依靠你，你制作不凋花的品位和我们完全不一样，为了让这家店恢复以前的感觉，也需要你多制作一些商品放在店里。”

虽然里香的这番话令人高兴，但光稀还是忍不住纳闷：到底发生了什么事?

“你今天嘴巴很甜，是不是有什么事要拜托我?”

“没有啦，不是你想的那样……不过，的确有一件事。”

我就知道。光稀心想。

“什么事?”

“上次小野太太不是订了欢送朋友用的不凋花吗?她说想要在自家的玄关放有圣诞节气氛的不凋花，预算同样是三千日元。”

就是之前对里香和真纪使用大量昂贵玫瑰制作的成品感到满意的那个客人。如果这次使用的花量比上次少，对方一定会很失望。

“小野太太之前对你们的作品很满意，所以这次应该也希望由你制作。”

“不行，她特地指名，一定要请相场老师亲自制作。”

里香说，小野太太看到光稀放在陈列架上的作品，发现和自己收到的商品不是同一个人制作的，所以就问那天刚好看店的里香。里香向她坦承，上次的作品是自己制作的，陈列架上的是在不凋花课程担任讲师的光稀老师的作品。

“所以，她说一定要这种感觉的作品。送人的话，豪华一点儿比较好。放在自己家里时，当然要放简单有品位的作品。虽然听了有点儿受伤，但换成是我，如果要放在家里，当然也希望放你的作品。我答应她，你完成之后就会打电话通知她，所以请你有时间就赶快做。”

光稀用指尖擦了擦眼角。

“你怎么了?”

“啊?哦，眼睛有点儿痒。”

“你没事吧？会不会感冒了？那就有点儿伤脑筋。圣诞节不凋花的课虽然还有两个星期，但已经有三十个人在排队候补。就连平时没有兴趣的人，也会希望在圣诞节用花来装饰一下，原本打算和你商量，看这次能不能特别通融多开一个班……光稀，你怎么了？”

里香站了起来，椅子发出了咯吱的声音。双手捂着脸的光稀看不到里香脸上的表情。原本不想被里香看到，但泪水顺着手指的缝隙滑了下来。虽然必须对里香说“我没事，不用担心”，但一旦开了口，可能就会放声哭出来，所以她憋着气，用力闭紧双眼。

“你是不是遇到了什么不开心的事？如果你不嫌弃，可以告诉我。还是我来泡茶给你？喝点儿热茶，心情应该会比较好。”

“拜托你，别再对我说这些关心的话。”光稀在心里说道。然后，又在心里否定了自己的想法。不对，不对，应该向她道谢。虽然因为觉得自己是八水人，不是当地人这种莫名其妙的理由和她们保持距离，但应该谢谢里香主动靠近自己。

最后，光稀并没有告诉里香自己流泪的原因，但在下午之后，总算恢复了平静。平时在离开店之后，都会直接去同样位于商店街上的堂场佛具店接彩也子，但今天先回家一趟。即使“克拉拉的翅膀”的活动结束，彩也子和久美香也仍然是好朋友，彩也子好像比以前更有强烈的使命感，觉得必须保护久美香。

——久美香有支援员的老师会照顾她，你不需要费心照顾她也没问题。放学后，你可以找班上的同学一起玩。

不久之前，光稀才这么对彩也子说，但彩也子坚定地摇头否定。

——我不是在照顾她，我们是在一起玩。

光稀觉得彩也子直视自己的眼神中充满了轻蔑。

迄今为止，光稀从来不曾试图贬低他人，或是让任何人为难。她总是凡事向前看，每个瞬间都在努力让自己每天的生活不要有任何后悔。虽然这是为了自己，但同时也是为了家人。她始终深信无论明仁还是彩也子，应该都不愿意看到自己整天唠叨。自己表现得活力充沛，能够让他们也心情愉快，家庭也能够成为一个舒适的空间。

然而，这种想法可能只是一厢情愿。

至少对明仁来说，这个家让他感到很不自在……不是吗？

明仁每天都比彩也子更早出门，今天却在玄关送彩也子出门上学。他用充满慈爱的眼神看着彩也子离去的背影，这个情景反而令光稀感到不安。

——你不赶快出门没问题吗？

光稀露出满脸笑容问道，但明仁的脸上甚至没有百分之一的笑容。

——我请了一个小时的假。

虽然无论请一个小时还是两个小时，对工作的影响都不会有太大的差别，但只请最短时间的假，很像明仁的做法。

——你不舒服吗？

——不，我有事要和你谈。

光稀觉得好像突然被宣告自己得了重病。

——什么事？

——现在没办法用三言两语说清楚。如果可以，希望能够在彩也子不在的时候和你谈一谈，傍晚能够抽出一两个小时吗？虽然早一点儿谈比较好，但不是今天也没关系。

——那就今天吧。

她没有自信听了这种充满不安的预告还可以等两三天。

——没问题吗？

——彩也子今天放学后，会和久美香一起去图书馆，听说有制作圣诞节绘本的活动。结束时，菜菜子会去接她们，我会请菜菜子帮忙，看能不能让彩也子在她那里留到七点。这样可以吗？

——那就太好了。

明仁说完这句话，就避开光稀的眼神，走去盥洗室。

菜菜子一口答应，还说会让彩也子在她家吃完饭。光稀想要婉拒，但想到明仁的谈话内容，可能会让她没有心情做饭，于是就接受了菜菜子的好意。

和菜菜子道别，前往“小天使”后，直到里香叫她，她都一直在看电脑和手机。虽然明知道看了只会让自己更忧郁，但每天早、中、晚不上网确认是否有人写了新的攻击留言，就无法放心。而且，今天她又查了新的关键词。

离婚的征兆、开口的方式。

她很久之前就发现自己和明仁已经貌合神离，并不是故意不去想这个问题，但仍然没有想过明仁会提出离婚。她知道在当今时代，离婚根本不是什么稀奇事，即使听到艺人离婚的新闻，也只觉得又有人离婚了，但仍然感觉这种事和自己无关。

至今仍然无法得知，自己凭什么会有这样的自信。

她打开员工宿舍的玄关大门，发现灯亮着，明仁穿去上班的鞋子整齐地放在门口。

无论明仁说什么，自己都能够接受吗？呼吸的节奏和心跳无法一致，虽然在平坦的地上脱鞋子，身体却摇晃起来。

这时，皮包里的手机发出了来电铃声。怎么偏偏在这种时候打电话来？她用微微颤抖的手指拿出手机,发现屏幕上出现的是菜菜子的名字。

*

堂场菜菜子从商店街会长手上接过了熟悉的旧盒子。因为二丁目都是老人，凑不齐人数，所以拜托她今年继续轮值。菜菜子想起一年前久美香天真无邪的声音在清澈的夜空中回响，不知道她今年会不会也想一起参加。

希望久美香的生活中多一点儿快乐的事——能够让久美香发自内心感到快乐的事。如今，菜菜子已经失去自信，不认为自己有能力让久美香感到快乐。以前，菜菜子一直深信自己最了解久美香。久美香在菜菜子眼中是一个爱撒娇的孩子，有点儿任性，但这代表她依赖父母，所以菜菜子一直用宽容的心接受她的个性。

坐轮椅上学的生活虽然充满不安，但如果久美香在学校遇到问题，就会马上告诉自己，所以菜菜子一直告诉自己，不需要过度为她担心，没想到……

因为久美香说肚子痛，所以就带她回娘家的内科诊所，父亲说久美香得了膀胱炎。当外公问久美香，是不是想上厕所时忍着没上？久美香默默地点头，但菜菜子认为是坐轮椅上厕所不方便，所以才会忍着不去。

没想到从彩也子口中得知了久美香生病的原因。

——久美香的肚子痛好了吗?

彩也子担心地问。菜菜子回答说，不是什么严重的疾病，因为忍着不上厕所造成的，希望彩也子可以放心。

——久美香太可怜了，因为他们一直监视着她。

彩也子点着头，似乎并不感到意外。监视？菜菜子问了彩也子学校发生的事，才终于知道久美香在自己不知道的情况下忍受着痛苦，知道了久美香没有告诉父母，一直独自忍耐的事。

菜菜子立刻打电话去学校，和级任老师讨论了这件事，但并不知道情况是否百分之百改善了。每次问久美香，在学校开不开心，她总是笑着回答说“很开心”。即使追问她：“真的吗？”她也用力点头。

久美香似乎只对彩也子说真心话。

“克拉拉的翅膀”也在菜菜子毫不知情的情况下，决定了捐款的事。澄玲在网站上公布“克拉拉的翅膀”捐了一大笔钱，同时宣布活动到此为止。菜菜子觉得一切终于结束了。她一直觉得彩也子利用久美香，让自己看起来像个好孩子。原本期待“克拉拉的翅膀”结束之后，久美香也可以和彩也子保持距离，但小孩子似乎并不在意这些大人的事和社会上的事。

久美香今天也受彩也子之邀，放学后一起去图书馆。听说那里举办了制作以圣诞节为主题的小型绘本活动。久美香昨天兴奋地说，不知道要写什么故事才好。

——久美香，你在洗澡时说的故事很有趣，完成之后，记得给爸爸看。

修一用没拿筷子的手用力摸着久美香的头说道。久美香既没有不好意思，也没有故弄玄虚，很有精神地回答：“好啊。”

差不多该完成了。菜菜子看着店内老旧的挂钟。快五点了。图书馆在离小学走路十分钟的地方（以能够正常行走的小孩子的速度来计算），虽然菜菜子禁止久美香在放学后去其他地方，但是图书馆例外。之前彩也子和久美香也多次去图书馆，今天菜菜子也和她们说好，五点会去图书馆接她们。

菜菜子锁好店门，把“小心火烛”的用品搬去客厅，确认手机上显示的时间刚好是五点时，走出了家门。

从位于鼻崎乌托邦商店街的堂场佛具店到鼻崎町图书馆开车大约十五分钟，菜菜子从玻璃帷幕的入口，看到许多小孩子集中在活动区。她走进图书馆，在那些坐在桌子前认真绘画、着色，或是忙着贴金色绳子的小学生中寻找着，却不见久美香和彩也子的身影。

菜菜子猜想她们可能已经做完，跑去看书了，又去儿童书区绕了一圈，也不见她们的身影。为了谨慎起见，她好像在馆内画一笔画似的快步巡视了一圈，仍然找不到她们。

她再度走到活动区，问一个刚好完成作品的高年级女生。

“请问你知道坐轮椅的女孩去了哪里吗？她和朋友一起来的。”

“啊，你是久美香的妈妈。”

坐在附近的一个低年级女生看着菜菜子说。将近三十名参加者中，有八成是女生。她桌上的画纸还有很多空白，菜菜子决定向她打听。

“久美香已经完成了吗？”

女生偏着头说：“久美香没来啊。”

“应该不可能啊。”

“真的没来啊，对不对？”

女生征求她身旁看起来像是她朋友的另一个女生的意见。

“嗯，我在鞋柜那里看到她和彩也子在一起，但没来图书馆，对不对？”

那个女生又征求了另一个女生的意见，在场的所有女生都点着头，或是摇头表示不知道。

“是噢……”

虽然菜菜子觉得无法接受，但也不能质问这些学生，于是又去向图书馆的职员确认，而且在馆内广播找人。原来图书馆内还有这种设备。菜菜子有点儿难为情地听着安静的图书馆响起好像在找迷路孩子的广播声，但等了一会儿，非但久美香和彩也子没有出现，甚至没有人说见过她们。

难道她们改变主意，去了其他地方吗？菜菜子首先想到了这个可能性，但她并不允许久美香下课之后去其他地方。

也许在去图书馆的途中，得知跟着她去上厕所的坏同学也要去图书馆，所以临时改变主意，不去参加绘本制作活动了。今天的天气很不错，所以她们可能决定自己走回商店街，结果和菜菜子擦身而过。菜菜子忍不住拿出手机，后悔今天应该向老师打声招呼，让久美香带手机去学校。

也可能去了彩也子家。彩也子很可能对久美香说：“去我们家做吧，反正我家有很多材料。”

她想打电话给光稀，但临时改变了主意。因为她差一点儿忘了光稀说今天有事，所以请自己帮忙照顾彩也子到七点这件事。如果知道光稀家里的电话，就可以打电话确认两个孩子是否在光稀家。而且打电话向光稀确认一下，应该没问题吧。

她拨打了光稀的手机，光稀很快就接了电话，说正在家门口。菜菜子猜想她正准备外出，于是加快了语气问，久美香有没有去她家。

没想到光稀回答说，并没有在她家，并问菜菜子发生了什么事。菜菜子告诉她，两个人没有去图书馆。

为了谨慎起见，菜菜子在图书馆周围走了一圈，开车回家时也放慢了速度，仔细确认沿途，以免没有发现她们。菜菜子也很想去学校附近找她们，但光稀说，她会去外面找，要求菜菜子回家等。菜菜子小心翼翼地问她，她不是有事情要办，时间没问题吗。光稀说，她刚好还有时间，目前要以这件事为主。

菜菜子确认了店里传真机所附电话的母机，录音机的灯并没有闪烁。她打开了店门，准备在店里等她们回来。

……这时，电话响了。她慌忙接了起来，但听到传真的声音。

“我去图书馆周围和学校周围找过了，没有发生车祸的迹象，到底是怎么回事？”

光稀看着手机，心浮气躁地说道。彩也子虽然有手机，但因为校规禁止带手机，所以插在家里的充电器上。

“GPS 功能根本没有任何意义嘛。”

光稀握紧了手上的智能手机，好像在说所有的手机都没有意义。

“你知道她们可能会去什么地方吗？”

光稀的丈夫明仁问道。当光稀冲进堂场佛具店时，明仁也跟了进来。菜菜子一开始很纳闷，不知道他是谁，但随即慌忙鞠了一躬。虽然明仁并不是修一的直属上司，但还是八水的主管。

菜菜子搞不懂明仁为什么会在这里。现在才六点多，修一也还没有回家。也许今天是谁的生日，或是他们的结婚纪念日，所以请菜菜子帮忙照顾彩也子，他们夫妻俩准备去吃饭。

“天已经黑了，马上报警，请警方一起找人吧。”

明仁说。虽然他很担心自己的孩子，但并没有慌乱。

“好啊。”光稀点了点头。

“呃，请等一下。”

菜菜子急忙打断了他们。

“她们已经联络你了？”

光稀问。并不是这样。菜菜子摇着头，在内心嘀咕着。事到如此，不能再继续隐瞒了，而且最好在修一回来之前告诉他们。

“刚才店里的传真机收到了这个。”

菜菜子拿起翻过来放在电话旁的一张 A4 纸交给明仁。

“在我们到达的十分钟之前，就已经接到了这份传真，为什么你刚才不说？绑架事件的第一拨搜查是决定生死的关键。”

听到“绑架”两个字，菜菜子觉得心脏被揪紧了。

“给我看一下。”光稀探头看着纸上的内容。

“……这是恐吓信啊，而且上面写着‘一旦报警，两个孩子就没命了’。”

正如光稀所说，如果恐吓信有固定的内容，上面就写着这样的内容。

“两个小孩在我手上，如果希望孩子平安回家，今晚十点，携金前来鼻崎灯塔。一旦报警，就等着为小孩子收尸吧。”

传真用电脑打字，横写格式。

“但是，不能就这样等到十点吧，上面完全没有写不会伤害小孩啊。而且，有一个奇怪的地方。”

明仁低头看着恐吓信。

“哪里奇怪？”

光稀问。菜菜子将视线从他们身上移开，看向店门的方向。一个看起来像是上班族的男人用手帕擦拭着大衣的肩膀。外面似乎下雨了。鼻崎乌托邦商店街上有拱顶，那个男人可能是走到这里之前被淋湿的。久美香被雨淋湿了吗？

"堂场太太，你没有发现吗？恐吓信上并没有写金额。"

"真的耶。"

明仁问的是菜菜子，但光稀惊讶地回答。

"绑匪的目的可能并不是赎金。"

"那……"

光稀惊讶地用双手捂住了嘴。如果不是为了钱绑架女童，就可以轻易想到是为了什么目的，只是她无法说出口。

"要赶快报警。"

光稀没有征求任何人的同意，就松开了原本紧握手机的手。明仁按住了她的手。

"怎么可以在这种别人看得到的地方打电话？"

光稀向店门外瞥了一眼，慌忙把电话塞进了上衣口袋。

"如果已经有人在监视，即使现在去别的地方，对方也会觉得是要去偷偷打电话报警。那现在该怎么办？"

光稀露出怨怼的眼神看着菜菜子。

"我想，上面写的携金应该不是指金钱……而是带金子去那里的意思。"

菜菜子用几乎听不到的声音说。自己竟然说了这件事，她很想抱住自己的头。

"金子？你是说金牌和金条的金子？"

光稀有点儿泄气地问。菜菜子默默点着头。

“你知道哪里有金子吗？”

明仁逼问菜菜子。

“家里有……有金子。”

听到菜菜子的回答，明仁停顿了一下，用力吐了一口气。

“彩也子又因为你家的孩子遭受池鱼之殃。”

菜菜子觉得好像被石头砸到了头，但同时感到愤怒。虽然明仁说的是购物节火灾的事，但两次都是彩也子邀的久美香。

这时，店后方传来了声音。

“久美香在店里吗？”

修一从通往家的门里探出头，看到了明仁和光稀，露出了亲切的笑容说：“两位好。”但立刻察觉到现场的气氛并不平静。

“发生什么事了吗？”

修一小声问菜菜子。明仁把恐吓信递到他的面前。

“这……”修一的表情凝重起来，“应该是芝田。”

修一低头看着恐吓信，小声地嘀咕道。菜菜子看着丈夫，怀疑自己听错了。为了久美香的安全，当然要马上报警，但如此一来，就必须说出金子的来源。刚才顾虑到修一的处境，所以在告诉相场夫妇时，措辞很小心，没想到他竟然就这样说出了口。

不，修一的个性就是这么坦诚，而且，婆婆也充分了解儿子的这种性格。

“芝田？你是说因为命案遭到通缉的那个芝田吗？”

明仁问修一。

“嗯，对，是啊。”

修一的态度不像在对上司说话，而像是对社团的学长说话。菜菜子忍不住叹息。

“我想起来了，之前听店里的人说过。芝田从在鼻崎岬杀害的老人家里偷了金子出来，但他把一部分金子藏在这个城镇的某个地方，相隔五年后，又回到了这里。那些金子在你们家？”

“但只有这么一小块而已。”

修一用双手的大拇指和食指比了名片般的大小，回答了光稀的问题。

“厚度差不多是这样。”他用其中一只手比了一厘米的厚度。

“即使这么一小块，也具有以百万日元为单位的价值。”

“啊？这么值钱。惨了，这下子怎么办？”

修一不知所措地看着菜菜子。

“并不一定和命案有关。”

菜菜子对相场夫妇说。

“对……对啊。只是觉得搞不好有关系……”

“对不起，应该马上告诉你们才对。”

菜菜子打断了修一，向前一步说道。正因为自己是这种个性，所以丈夫在家里才无法放松，向外寻求安逸和快乐。如今终于知道，这种不安是多么愚蠢可笑。

“要不要坐下来谈？”

菜菜子请相场夫妇坐在接待客人用的桌子旁。自从那天之后，就没有客人再坐在这里。菜菜子想起了艺术村的宫原健吾的脸，然后突然想到，既然上门提议肖像画的生意，至少应该带一张样品画过来啊。他真的是画家吗？菜菜子突然产生了这个疑问……但用力甩开了这些杂念。现在不是想这些事的时候。

“在鼻崎岬发生命案的一个星期后，我家也发生了一起小小的事件。

我婆婆离家出走了。早晨起床后，发现婆婆不见了，客厅的桌上留了一封信和金子。乍看之下，以为是镇纸，但拿起来后，发现很沉重。”

“信上写了什么？”光稀问。

“夫妻终究是他人，我要好好过自己的人生，爸爸就麻烦你们照顾了。”

“……我这样说可能很失礼，但命案的凶手真的是芝田吗？”

“你该不会怀疑我妈……”

修一手足无措地轮流看着相场夫妇，然后看向菜菜子，似乎责怪她太多嘴。菜菜子狠狠回瞪了他。开什么玩笑！是修一轻率地提到芝田的名字，而且……

“我婆婆的事不重要，我们只需要考虑两个孩子的问题。到底该报警，还是要按照绑匪的指示，把金子拿去灯塔？”

菜菜子心里已经有了答案。

*

即使捐了一百万日元，也没有得到感谢，也没有得到称赞，相反，被视为伪善者。这就是星川澄玲通过“克拉拉的翅膀”得到的教训。光稀责备她是骗子，她按照光稀的要求，办理了捐赠一百万日元的手续。她原本就无意侵吞翅膀吊饰的收入，只是忙于制作吊饰、接订单、寄商品、更新网站，以及接受采访，有堆积如山的事情要处理，无暇处理捐款的事，所以就决定等筹足一笔整数时再一起处理。

澄玲忍不住后悔，早知道应该让光稀去处理捐款的事宜，光稀应该并没有想到捐款会那么耗费工夫。捐款毕竟不是参与街头募款，不是只要把钱交出去就好。如果是匿名捐款，而且不要收据，问题还比较简单。只是汇这么大的金额时，无法使用自动提款机，必须去银行柜台排队。

照理说，捐款这种事应该为善不欲人知，不可以公布到底捐了多少钱，但既然以公益之名收了大家的钱，如果不公布，就会被视为诈欺，所以无法只说漂亮话。

接受捐款的单位似乎也了解这一点，网站上准备了寄发收据专用的表格，只要在表格中填写必要事项，网站就会核发专用的号码。在银行汇款时，在汇款人姓名栏内填写该号码办理汇款手续，对方日后就会寄出收据。澄玲在一个星期后收到了收据，信封内并没有附上任何特别的感谢话。

三天后，又收到了相同单位寄来的信。澄玲充满期待地打开一看，发现里面是一封简单的感谢函，以及一张从存款账户自动扣缴的单子，可以按照每月一次或是每年一次的频率，自动从账户扣缴捐款金额，节省办理汇款手续的时间。澄玲立刻丢进了垃圾桶。

她并没有指望可以因此接受采访，但总觉得对方应该至少在网站更新栏内写上一句“收到‘克拉拉的翅膀’的捐款”，让她觉得这笔款项捐得很值得。但等了好几天，对方的网站内只更新了和足球选手之间的交流，连克拉拉的克字都没有提到。无奈之下，只好在多次修改一点儿都不优美的文章后，上传到自己的网站上，说明了捐款一事，同时宣布活动结束。

分不清是懊恼还是悲伤，她在敲打键盘时，不停地擦眼泪，所以睡觉时也无法完全闭上眼睛。当她微闭着双眼拉开窗帘时，发现冬日的夜空中闪着星光，准备迎接黎明。她在居家服外套了大衣，戴上围巾，走出屋外。

黑色的大海翻腾着海浪，和天空的界线透出一线淡淡的白光。为了接近那道光，她离开了岬城，沿着没有铺柏油的散步道走向海岬前端的灯塔。再过一个月，就是水仙花盛开的季节，但似乎已经有一些性急的花开了。虽然在夜色中看不到，却可以在清澈的空气中闻到淡淡的花香。

她原本打算走进灯塔看看，但白色灯塔已经沦为摆设，铁门上挂着大锁。有栖身之处的人不会注意到的这个地方，却成为失去容身之处的人的隐身之处，但大部分要遮风避雨的人认为这并不是一件好事。正因为这样，此刻随兴来到这里的自己能够独占这片空间。她坐在靠海的基座上，眺望着浮在黑色海面上的白光。

自己到底是向何处伸出了手？就好像指尖明明抓到了闪亮柔软的丝绸羽衣，但把手拿到眼前张开一看，却发现空无一物。自己那么努力，却被沾了满身的泥沙。

但是，在泥沙中有几颗发出白光的小石头。为了想要抓住这几颗小石头，忍不住把手伸进泥沙；即使感受到心渐渐溃烂，仍然拼命寻找。端详着手上好不容易搜集到的漂亮石头，会发现自己所做的事并没有错，于是就会涌现新的创作欲望，然而，倾听着阵阵海浪，会觉得自己已经不需要发光的石头了。

因为，即使光在伸手不可及的遥远地方，从这里，从鲜花盛开的海岬眺望时，也已经够美了。

对澄玲来说，去参加朋友在东京举行的婚礼，是一大破费，却也刚好可以让她转换心情。

在此之前，她曾经出席过的朋友的婚礼一只手就可以数得出来，但都是没有亲戚参加的轻松派对形式。第一次有朋友像今天这样，在一流饭店的宴会厅这么正式的地点举行婚礼。

让人怀疑会不会有电视实况转播的豪华婚礼，在晚上七点准时开始。

新娘是大学时陶艺系的同学，她的父母在外县市经营一家小餐馆，但新郎是一家大医院的继承人。在不知道到底要朗读多久的贺电中，不时听到澄玲也知道的国会议员和艺人的名字。

“看来骨折也未必是坏事啊。”

和澄玲一起坐在新娘朋友桌的梓，用叉子叉起意式生鲷鱼片，充满羡慕地看着新郎新娘席，但是，澄玲在意的是另一侧的空位。她真的会来吗？

“澄玲，你等一下也会去玩，对吗？一定要在那里逮到一个新郎的医生朋友，这种机会没有第二次了。”

“那你的工作怎么办？”

梓目前在老家的九州高中当美术老师。如今，在澄玲的眼中，高中生根本就是一群怪物，所以觉得梓每天要面对几十个甚至几百个怪物很了不起。不，不光是梓而已，刚才几个朋友在婚礼之前稍微互聊了近况，每个人都在社会上找到了自己的立足之处，只有澄玲好像跟不上社会的脚步。

“辞职啊，等婚姻生活稳定之后，可以开一个陶艺沙龙。”

“你有办法说辞就辞吗？当老师可以自己养活自己啊。”

“澄玲，你有没有听过‘只好当老师’的说法？”

“什么意思？”

“对于比我们的父辈更加年长，被称为团块世代的人来说，教师这个行业备受揶揄。进不了好公司的人，只好去当老师，或是没有其他选择，只能当老师。不过，这句话至今也适用于我们这些艺术系的学生，因为当不了艺术家，所以只能当老师。”

“没这……”

澄玲无法断然否定。

“所以，我很羡慕你。健吾邀你去一个很美的城镇，不仅为你准备好了房子，甚至还为你盖了一个窑房，不是吗？我看到照片了，真希望有机会去参观一下。他做事有时候让人搞不清楚到底在想什么，所以我有点儿怕他，但即使嫁给医生，对方也不可能这么为你着想，所以他是很理想的对象。”

“是吗……”

澄玲把干杯后又重新倒入的桃红葡萄酒一饮而尽。被暖气温暖的液体似乎直接为脸颊加温，她伸手摸向脸颊，似乎想要确认温度，指尖却好像在催促，想要赶快触摸泥土。

“不过，还真是晚啊。”

梓看着澄玲旁边的空位说。

“上次好像因为逃税上了报，太红也很麻烦。”

澄玲第一次听说这件事。

“所以啊……”

附近一阵骚动，服务生带领晚到的宾客来到澄玲旁边坐了下来，是小梅。

澄玲来到这里，看了座位表之后，才知道小梅也受到了邀请。她努力回想学生时代的记忆，纳闷自己和小梅的关系竟然并不疏远。梓小声向她咬耳朵，因为新郎的很多宾客都有头有脸，所以新娘也硬是邀请名人来参加。澄玲终于恍然大悟。话说回来，她很佩服小梅竟然会答应参加婚礼，但在婚礼开始之后，看着旁边的空位，就忍不住有点儿扫兴，觉得小梅可能只是同意挂名而已。

小梅亲切地向同桌的每一个同学打招呼，好像和大家从学生时代就玩在一起。她用不至于影响台上致辞的声音小声叫着每个人的小名，笑着向大家亲切挥手。她按照逆时针方向打招呼，最后轮到了澄玲。

“澄玲，好久不见，你还记得我吗？”

“当……当然记得。”

虽然澄玲今天也穿了礼服，盛装打扮了一番，但还是被小梅耀眼的气场震慑了。她浑身僵硬，只能勉强挤出一句话。这种态度根本就像是粉丝遇到艺人打招呼嘛。虽然澄玲在内心责备自己，但还是紧张不已。

“太高兴了，我从学生时代开始，就很喜欢你的作品。啊，当然现在也一样。我看到了《FLOWER》的报道。”

“哦……”

澄玲傻傻地回应了一声，抓了抓头，才想到不妙，立刻按住了被自己抓乱的头发。她不知道该怎么回答小梅，因为之前从来没有想过，要是突然被在内心认定是竞争对手的人称赞，到底该如何回应。

“澄玲上了《FLOWER》吗？好厉害，你早一点儿告诉我，我会去把附近书店里的统统买下来。”

梓插嘴说道。

“不是什么了不起的报道，小梅在同一期上有很大篇幅的特辑报道。”

有了盟友，就能够正常说话了。

“别说了，太丢脸了。我现在的作品不是都只有钱的味道吗？我一直认为，艺术家想要生存，就无法避免这种事，但是，当我得知你通过陶艺从事公益活动后，觉得脑袋被重重敲了一下。”

澄玲不知道小梅的这番话有几分出自真心。

“你该不会是因为这个，所以才会宣布停止创作活动吧？”

梓问小梅。

“你说什么？”

澄玲忘了宾客正在致辞，大声叫了起来，随即慌忙低下了头。她抬起头时，小声地问：“你刚才说什么？”梓当着小梅的面，若无其事地告诉澄玲网络新闻昨天公布的消息。小梅因为嫁给一位意大利籍的鞋子设计师，所以将移居意大利，同时也宣布将无限期停止创作活动。

“不会吧？”

澄玲看向小梅。小梅对她嫣然而笑。

“我当然会继续创作陶艺，只是停止商业活动。”

“但是……”

“不必接受别人规定的期限或是作品的概念、印象，只追求自己想要创作的东西。当制作出自己满意的作品时，放在可以每天欣赏、触摸的地方，你不觉得这是最奢侈的事吗？”

“是吗？”

对澄玲来说，只有获得他人认同，才能称为作品。陶器被人使用，才能够成为容器，翅膀吊饰经由他人的手，才能飞向天空。但是，小梅已经见过太多这样的风景，所以才能够迈向下一个阶段。

“我觉得很可惜。”

梓很真诚地对小梅说。

“当然，我的作品并不是不给任何人看，如果有人说想要，我也愿意分享，但只分享给认为容器就是容器、花瓶就是花瓶的人。那些把我的作品看成是钱的人，即使拿再多钱来，我也会拒绝。”

“我好像既能够理解，又不太能够理解，但还是觉得很可惜。你在轻井泽的工房不是刚建好吗？”

“我也在电视上看到了。”

澄玲脱口说道。

“我目前正在找愿意接收的人，即使不用买下来，愿意承租也没关系，但迟迟找不到人。今天我来东京，也有一半是为了工作，这样好像有点儿失礼。”

小梅看着新娘和新郎的座位，露出调皮的笑容。小梅闪电结婚，所以只能放弃刚完成不久的工房。这件事令澄玲感到惊讶，但又觉得正因为刚完成不久，所以才舍得放手。也许和税金的问题也有关系，搞不好她对新窑房并不满意。而且，小梅的窑应该有针对玻璃的特殊设计，难怪迟迟找不到人接手。

“虽然我很希望能够让从事像你这样活动的人使用，但你在海边城镇已经有很棒的工房了。”

澄玲只能笑而不答。因为她的公益活动已经停止了，海边的城镇在她心中也不再像以前那么美丽。她用力抿着嘴露出笑容，以免不小心说出了内心的想法。有那么一下子，她忍不住想象，轻井泽的工房不知道会看到怎样的景色。

等一下，等一下，那个城镇不是还有健吾吗？健吾说，今天难得和大家见面，所以为自己买了身上这件洋装，而且送自己去了车站。不，不光是这些微不足道的事。自己原本已经放弃了成为陶艺家的梦想，是谁给了自己实现这个梦想的机会？而且自己在那个城镇结交了朋友，只是目前的关系有点儿僵。她轻轻地摸了摸配合这件洋装制作的不凋花胸花。

“是啊，位于有一片花田的海岬上，接下来的季节，水仙会开得很漂亮。我知道你很忙，但也希望你有机会来看看。”

没错，即使不是水仙的季节也无妨。无论任何一个季节造访，都会有不同的鲜花和蓝色的大海相迎。之前一直很不满地觉得，那个城镇的人住在这么美的地方，为什么不会对此引以为傲？没想到自己也渐渐地和城镇的人一样了。从某种意义上来说，这代表更像当地居民了，但她拒绝这样的同化。

她的脑海中浮现出一个圆形的平盘，想要表现出黎明前，大海和天空之间的那一抹白色的光，同时想到，要把最接近理想的作品送给小梅当结婚礼物。

澄玲吃着用筷子就可以夹断的鲜嫩牛排，听着小梅和她的结婚对象的感情故事，发现放在背后和椅子靠背之间的皮包中设成振动模式的手机振动起来。如果是电子邮件，振动三次就会停止，所以是有人打电话进来。

她原本不想理会，但最近有急事，于是，放下筷子，拿起皮包打开一看，发现屏幕上显示了琉璃子的名字。琉璃子不知道自己在参加婚宴，可能打电话来说一些冷嘲热讽的话，打发无聊时间。澄玲没有接电话，就直接挂断了，正想关好皮包，电话又响了，还是琉璃子。

无奈之下，澄玲只能向梓和小梅打了声招呼，走去大厅接电话。幸好新郎和新娘刚好去换衣服。

澄玲躲在粗大的柱子后方，接起了电话。

“澄玲，你现在人在哪里？出事了。”

琉璃子慌乱的声音冲进耳朵。除了健吾以外，澄玲只告诉了菊乃，说自己为了参加朋友的婚礼，会来东京两天一夜。所以说，琉璃子目前并不在“花咖啡”。

“怎么了？我在东京参加朋友的婚礼。”

“什么？你在那么远的地方？”

琉璃子立刻压低了嗓门。

“到底发生了什么事？”

“澄澄，你先镇定，听我说。”

琉璃子才不镇定，澄玲有点儿不耐烦，很想叫她有话快说，但琉璃子似乎难以启齿，电话中传来凌乱的脚步声，而且还有警笛的声音。

“你赶快说！”

“你的工房着火了。”

澄玲用力倒吸了一口气。这是怎么回事？自从宣布“克拉拉的翅膀”活动结束之后，窑房从来没有生过火，为什么会发生火灾？

火灾的规模有多大？健吾在不在？目前灭火的进展如何？虽然脑袋里挤满了想要发问的问题，却说不出一句话。琉璃子似乎也在等待澄玲说话，所以没有吭气。

“……有孩子！……有两个孩子！”

电话中传来像是三郎的声音。“啊？”澄玲正想问是怎么一回事，但电话挂断了。琉璃子也去救援了吗？两个孩子……

应该是彩也子和久美香。

第八章

海岬的尽头

我想要消除我的好朋友久美香的烦恼，想了很多方法，但无论哪一种方法，一个人都很难执行。学校告诉我们，无论遇到任何困难，都可以找老师和家长商量，但老师根本靠不住，也不能和家长商量。

因为久美香最不想让她的爸爸和妈妈知道她的烦恼，如果我和我的爸爸、妈妈商量，即使要求他们保密，也会很快就传出去。而且，爸爸和妈妈最近好像也有烦恼，我不想因为我的事，增加他们的困扰。

这时，有一个大人接近了我们。他就是健吾。

健吾（他要求我们这样叫他）是和我们一起参加“克拉拉的翅膀”活动的澄玲阿姨的丈夫（虽然他们的姓氏不同，但住在同一栋房子里），他是一名画家。

有一天，健吾对我们说，想要画我们两个人。

摄影师班先生拍了鼻崎町的风景，举办了个展，健吾好像也想要画这个城镇上的人，他说希望我们成为他的头号模特。我们很高兴地同意了，这是第一次有人画我们，但健吾很担心地说，我们家里的人可能会反对，因为每个人好像都有肖像权。

我想起不久之前，妈妈在网络上搜寻“克拉拉的翅膀”时，好像很生气。但是，我们还是希望健吾可以画我们，而且也不想看到其他同学，尤其是那些欺负久美香的同学得意扬扬地自夸自己是头号模特，所以偷偷答应了健吾。

每天放学时，久美香的妈妈都会来学校接她。健吾想到可以在图书馆举办活动的那一天画我们，所以我们就决定去健吾家制作原本要在图书馆做的绘本。

那天放学时，我们在去图书馆的半路上，偷偷坐上了健吾开的车子。健吾戴着帽子，还戴了墨镜和口罩。我和久美香很兴奋，还在车子上讨论，不知道能不能成功。

没想到竟然会发展成那么可怕的事。

*

相场光稀为正中央是红玫瑰的不凋花摆设旁插上一根白色的羽毛，让羽毛和周围的满天星融为一体的同时，调整成翅膀的形状。完成了。上周已经完成了“小天使”的交接工作，这将是她在鼻崎町制作的最后一个作品。她拿去放在刚才制作的、中间是一朵橘色玫瑰花的不凋花摆设旁。

菜菜子和澄玲。为她们两个人准备的礼物，到底是为了感谢她们把自己当朋友，还是为了减轻自己临阵脱逃，离开这个城镇的罪恶感？

桌角有一个系了缎带、封了口的小纸袋。那是彩也子为久美香做的不凋花摆设。昨天晚上，彩也子在放了两个人照片的简单木制相框外，小心翼翼地贴上了五彩缤纷的花朵，准备送给最重要的朋友，作为曾经在这里共度美好时光的纪念。彩也子拒绝光稀帮忙，所以完成度当然无法和光稀的作品相比，但彩也子投入作品的感情，也让光稀望尘莫及。

等一下要去小丑西餐厅。这是和菜菜子、澄玲最后一次吃午餐。虽然是光稀提议了这次的午餐会，但目的并不是欢送自己。因为澄玲希望三个人能够最后一次见面聊一聊。虽然光稀不想和她有任何牵扯，但从澄玲在电话里的悲痛声音中感受不到恶意和敌意，所以觉得自己即将离开这个城镇，大家朋友一场，至少应该在这种时候陪伴她，于是就说服了菜菜子，答应今天赴约。

就连发现两个孩子遭到绑架的光稀和菜菜子都无法想象竟然会发生

那种事。如果澄玲“真的什么都不知道”，她必定受到了很大的冲击。

那天至今，已经过了三个月——

那天，彩也子和久美香放学后要参加制作圣诞节绘本的活动，所以去了图书馆，但菜菜子傍晚去接她们时，发现她们并不在图书馆。光稀接到菜菜子的联络后，立刻和丈夫明仁一起赶到堂场佛具店，菜菜子给他们看了用传真寄到店里的恐吓信。

“两个小孩在我手上，如果希望孩子平安回家，今晚十点，携金前来鼻崎灯塔。一旦报警，就等着为小孩子收尸吧。”

虽然是典型的恐吓信，但明仁发现上面并没有提到金额，觉得很奇怪。没想到菜菜子向他们坦承，家里有金子。

家里的财产中有金子并不稀奇，但堂场家的金子来路不明，而且可能和五年前在鼻崎岬发生的命案有关。堂场夫妇，尤其是修一，就像是无聊的秘密不慎曝了光的小孩子一样，嘿嘿笑着说出了这么可怕的事。

既然孩子遭到绑架和凶手仍然没有缉捕归案的命案有关，就应该立刻报警处理。明仁发挥了天生的领导能力断言道，但菜菜子当场否定了这个建议。

“到时候也许就不是恐吓，而是真的会杀了那两个孩子。你们之前听过孩子遭到绑架后，因为向警方报案而获救的新闻吗？”

如果仔细调查，应该可以找到获救的案子，但脑海中浮现的都是孩子被发现时，已经惨不忍睹的事件。

“我也赞成菜菜子的意见。”

光稀说完这句话，偷偷瞄向明仁。明仁紧张的脸上并没有不耐烦的神情。光稀并不是以夫为尊、凡事都听从明仁的意见。即使明仁说是黑色，如果光稀看到的是白色，就会说是白色，不会因为明仁断言，就把黑色的东西说成是白色。

但是，当时光稀突然感到后悔，因为她想起如果没有发生这种事，明仁或许正在和自己谈离婚的事。原本做好了心理准备要面对最糟糕的情况，但发生更糟糕的情况时，离婚这种事就变得无足轻重。她甚至握紧双手激励自己，必须以不依赖明仁，自己一个人保护彩也子为前提考虑以后的事。

她察觉到有人看着自己，转过头，和菜菜子四目相接。当爸爸的都不了解，我们当妈妈的必须靠自己保护孩子。光稀觉得菜菜子正在用眼神向自己诉说。这时，修一打破了紧张的气氛。

“那两个孩子目前人在哪里？十点去灯塔的话，就代表十点之前，她们可能会被软禁在某个地方。上次我在聚餐时听到，芝田整了形，就住在艺术村。”

“竟然有这种传闻……”

明仁听到修一慢条斯理地说这件事时，惊讶地叹着气。光稀觉得无法完全排除这个可能性。

她在脑海中回想着艺术村的人，应该可以排除女人。一起担任购物节干事的健吾、在火灾现场的那些女高中生所就读的学校当美术代课老师的三郎、“花咖啡”的纯先生，还有为了上传到“克拉拉的翅膀”网站，为两个孩子拍照片的班先生，以及……光稀突然想到之前在小丑西餐厅内看到的那些可怕的玻璃人偶。

“对了，我从来没有见过那个玻璃工艺师。”

菜菜子似乎也想到了同一件事。

“哦，你是想到小丑西餐厅的人偶吧。我们当时就是看到那些人偶，聊起了这件事。恐吓信虽然要求我们不能报警，但并没有说我们不可以做其他事，所以我们要不要去那附近找找看？”

光稀想象着两个孩子被关在放了很多可怕人偶的工房内，不由得感到心被揪紧了。修一慢条斯理的语气反而让她稍微放松了紧张。

“但如果我们这么做，绑匪可能在拿到金子之前，就对她们下毒手。”

明仁说。光稀也表示同意。

“不能请澄玲帮忙吗？”

菜菜子说。好主意，可以请澄玲假装有事，上门去查看情况，但是……

“不行，今天澄玲去东京参加朋友的婚礼了。”

光稀把澄玲委托她做胸花的事告诉了大家。光稀认为澄玲是为了弥补捐款一事的愧疚而向她订购，但她很认真地制作那朵胸花，表示自己已经不再生气了。

“那要不要请其他人帮忙？像宫原先生，或是那个学校的老师。我们干脆现在就去‘花咖啡’……”

菜菜子在说话时看向店门外，她的视线集中在某一点上。

“发生什么事了？”

顺着菜菜子的视线望去，发现对面鼻崎和果子店的夫妇都走出店门外，指着商店街的后方。这时，老板娘似乎发现菜菜子在看她，打开店的拉门走了进来。

“他们说岬角那里失火了……”

老板娘的话还没说完，光稀就冲了出去。商店街上其他商家的人也都陆续走了出来，但即使火势再大，在有拱顶的商店街也无法看到岬角那里的情况。

“听原本在‘花咖啡’喝咖啡的人说，好像是艺术村的某栋房子失火了。”

和果子店老板刚才就是指着“花咖啡”。可能是住在艺术村的人打电话去咖啡店，正在店里的菊乃和其他人慌忙赶去查看情况。明仁和堂场夫妻也来到店门外。

“好像说有人听到爆炸声。”

老板满脸好奇地转述着从别人那里听到的消息。爆炸。那可能不是房子失火，而是工房烧了起来。

“如果两个孩子在艺术村……”

光稀知道自己的声音在发抖。

“那我们去看看。”

明仁说道，用力抓住了光稀的肩膀。

“我也去。”

菜菜子说。修一也跟着说：“那我也一起去。”菜菜子厉声制止了他：“万一又有传真怎么办？”修一露出不满的神情，但光稀可以感受到菜菜子浑身发出不容争辩的强烈意志。

相场家的车子停在商店街靠车站那一侧的停车场，三个人上车后，明仁开着车，一起前往岬角。来到通往岬角的坡道下方，警察正在那里进行交通管制，可能是防止看热闹的人进入，明仁把车子停在马路旁已经是废校的小学操场上。这里现在是城镇居民的活动中心，艺术村的人租用的那间教室不时举办以班先生的摄影展为中心的各种展览。

“我们的孩子可能在里面。”

明仁简单地向警察说明了“克拉拉的翅膀”的事，警察终于放行。

光稀觉得不如干脆告诉警方绑架的事，但明仁和菜菜子都目不转睛地冲上坡道。在转过缓和的弯道时，走在前面的两个人停下了脚步。光稀追上前去，巨大的火焰映入眼帘。

之前商店街购物节发生火灾的火势和眼前的火势相比，简直是小巫见大巫。

“赶快。”

菜菜子朝着火灾的方向跑了起来。光稀知道必须赶快追上去，但两脚不听使唤。菜菜子的背影越来越小。

“你可以在这里等。”

明仁对她说。她摇了摇头。

“那走吧。”

明仁的大手伸到光稀面前。这样可以吗？光稀迟疑了一下，把一只手放在他的大手上，明仁用力握住了她的手，带着她一起往前走。

光稀不知道岬城的哪一栋房子内住了谁，但她知道失火那栋房子的主人，也去过那栋房子，那是星川澄玲的家，准确地说，是同居人宫原健吾建造的房子。虽然此刻应该担心彩也子，但她的脑海中浮现出澄玲的脸。她知道自己的家失火了吗？

光稀还是暗自松了一口气，至少不是玻璃工艺师的家里着火。

继续走向火灾现场，发现失火的不是家，而是工房。光稀不知道是每次制作作品时，才会在窑房内生火，还是即使没有在烧作品，窑也会一直烧着，但她猜想是因为澄玲的疏失，导致工房失火。

消防队已经赶到现场灭火，但火势越烧越旺，简直让人怀疑不是用水在灭火，而是在浇油，也让人忘记不久之前还在下雨这件事。像怪物般的火苗渐渐伸向了两层楼的白色漂亮房子。

健吾在哪里？光稀打量四周，发现有不少不是艺术村的人，而是平时在商店街看到的人。他们可能在管制之前来到这里。

是之前购物节发生火灾时，率先冲到现场救火的那些老人，只是他们今天没有穿短褂。虽然他们赶到了这里，但对这里的环境并不熟悉，不知道消防栓在哪里，所以只能站在一旁看着火势。不，不光是这样，甚至有老人不顾消防队员的制止，拿着智能手机，像摄影师一样拍摄火灾情况。

艺术村的人站在那些老人前方火星几乎快要飘到的位置，他们头发凌乱，虽然是冬天，但个个挽起了袖子。即使站在远处，也可以看到他们的上衣很脏。想必在消防队赶到之前，他们拼命灭火。健吾站在艺术村那些人的前面，虽然只能看到他的背影，但从他垂着肩膀，仰头看房子的样子，不难想象他茫然地看着熊熊大火的表情。

这时，原本在光稀身旁静静仰头看着火灾的菜菜子突然踏出脚步，好像打算跑向健吾。

“喂，菜菜子。”

菜菜子拨开人群向前走。光稀也追了上去。

“你怎么了？”

菜菜子似乎没有听到光稀的声音，来到最前排，在健吾的身旁停下了脚步，但她完全没有看健吾一眼。她双眼盯着渐渐变色的墙壁，一脸聚精会神，然后又向前跨了一步。

“危险。”

光稀把手放在菜菜子的肩上，想要制止她。菜菜子回头对她说：“我听到了久美香的声音。”

“啊？”

看到菜菜子严肃的表情，光稀也竖起了耳朵。

妈妈。光稀似乎也听到彩也子在火焰后方叫自己的声音。这是幻听吗？她看着菜菜子。菜菜子用力点头。那不是幻听。

“久美香！”

菜菜子先叫了起来。

“彩也子！”

光稀从腹底挤出声音叫着女儿的名字。久美香、彩也子、久美香、彩也子。两个母亲好像在相互比赛谁叫得更大声，喊着女儿的名字……

彩也子和久美香从声音传递的方向，从几乎被火苗吞噬的房子后方出现了。

小丑西餐厅的停车场内，除了光稀刚开进来的车子以外，完全没有任何车辆。原来我最早到。光稀看着手表，距离约定的十一点三十分还有十几分钟的时间。她们配合餐厅午餐的营业时间约了这个时间，所以光稀决定坐在车上等。

光稀隔着风挡玻璃，怔怔地眺望着大海。她对大海还不是很了解，无法从海水的颜色判断温度，但觉得海水的颜色看起来很冷，同时，不由得想着，不知道越南的大海是什么颜色。

由于绑匪逃走了，所以不知道绑架事件是否可以算落幕了，但因为他们并没有报警，所以说事件也有点儿奇怪。

彩也子和久美香安全回来了。光是这样就足够了。

彩也子从火灾现场逃出来时，右脚受了伤，幸好只是轻微的扭伤。新年过后，她就完全好了，还参加了学校的马拉松比赛，在同年级的女生中获得第五名，领到了奖状。她还心情舒畅地写给关系并不算和睦的班上每个同学一封信，似乎视之为最后的愉快回忆，为转学做准备。

至于那一天，彩也子右手的食指前端有一个小水疱这件事，光稀当作内心的秘密，也没有问彩也子，为什么会有那个水疱。

在彩也子拆除固定右脚脚踝的绷带的那一天，明仁再度向光稀提出了那天来不及说的事。光稀发现明仁从公司下班回家后，看到身穿睡衣的彩也子脚上的绷带已经拆除了，摸着彩也子的头说“太好了”，轻轻点了点头，脸上的表情也变得严肃起来。

早知如此，光稀可能会让彩也子一直包着绷带。只不过如果光稀这么做，敏感的彩也子即使脚已经不痛了，走路时也一定会故意一瘸一拐。

晚安。彩也子走进了自己的房间。一个小时后，明仁从上下班提的公文包里拿出一张折起来的薄纸，摊在餐桌上。

是离婚登记申请书。明仁已经将属于他的那一栏内的所有项目都填好了。

光稀目不转睛地看着那张纸，几乎忘了呼吸。她并不是在确认上面填写的内容，也知道明仁的视线集中在自己身上，只不过她没有勇气直视明仁的双眼，只能假装专心地看那张纸。到底是光稀先抬起头，还是明仁先开口？两个人好像在比赛谁更会忍耐，最后明仁输了。

——我接到了调职的人事命令，要我去越南担任新建成的工厂厂长。我努力工作，希望得到犒赏，却得到了超乎期望的结果……你一定不想去吧？

——啊？

他在说什么？光稀一脸呆滞地看着明仁，但已经对明仁想说的话了然于心。因为光稀一直认为被调回东京总公司才是人生的胜利，为了回应光稀的期待，明仁不分昼夜地工作，假日也去公司上班，而且从来没有摆出一副在为家人打拼的态度。光稀甚至一度怀疑明仁是不是有外遇。

——那是很乡下的地方，连日本学校也没有，对彩也子来说，那样的环境也不适合。虽然我可以一个人去，但还是趁这个机会做一个了断。我会保障你们母女的生活，你们住在任何地方都没关系。

明仁用淡淡的口吻说道，好像在延期的这个期间，已经充分排演过了，但光稀身为被动的一方，当然不可能点头答应说："好，那就这样。"光稀发现自己并没有想象中那么受伤，虽然很震惊，但并没有脑子一片空白。

明仁并不是因为"我再也不想看到你这种女人"而提出离婚，自己的人格并没有遭到否定。

如果在不久之前，为了符合自己理想中的形象，一定不会掉一滴眼泪，冷冷地回答他"好啊"，然后接过那张纸。但是，如今已经知道，这样的自己太丢脸了。不，她是在经历了这一切之后才发现，自己想要活得潇洒，想要展现潇洒的样子是多么不堪。

——我不要！

不需要说明不要什么。因为不喜欢，所以就直接说出口。她也没有擦拭流下的泪水，也不克制自己的呜咽，鼻水也流了下来，同时，她说了一句"对不起"。她深信，即使不需要用潇洒的姿态和话语修饰，眼前的明仁和或许在自己房间内偷听的彩也子都可以了解光稀的心意，只要他们继续接纳自己是他们的家人。

深蓝色的海上掀起白色的浪花，但是，光稀不认为那是翅膀，那只是海浪。她不难想象，这片海洋和温暖的东南亚相连。

＊

星川澄玲走向位于坡道中央的餐厅。虽然有点儿喘，但这条坡道并不是通往岬城这件事，可以让她的心情保持平静。这将是她三个月来，第一次见到光稀和菜菜子。

上个月，当她大白天就躲在老家自己的房间，拉起窗帘，整天看母亲去租书店借来的漫画时，接到光稀传来的电子邮件。她因为丈夫调职，将举家前往越南。

澄玲的电脑仍然放在海岬的家里，但她无法舍弃手机。只不过一听到电话铃声，她就会忍不住发抖，而且感觉快要吐了，所以她关掉了声音，甚至没有调成振动模式，所以也不知道光稀什么时候传了邮件。

邮件中没有使用任何表情符号，简直就像在联络公事，似乎象征了彼此的距离，但仍然可以感受到光稀目前很幸福。澄玲忍不住流下了眼泪。她的心已经渐渐恢复知觉，知道并不是为光稀的幸福感到喜悦的泪水。她羡慕光稀能够在不被任何人记恨的情况下重新出发，但又同时觉得，必须趁光稀还在鼻崎町时，和菜菜子一起见她一面。

澄玲甘愿冒着可能被艺术村的人撞见的危险，也想要了解那一天到底发生了什么事，哪怕是再细枝末节的事也无妨。同时，她也希望她们相信自己的无辜，哪怕只相信百分之一也好。

澄玲在参加朋友的婚礼时，接到了琉璃子的电话，告诉她工房失火了。她立刻向邻座的梓简单说明情况后离开了婚宴，在东京车站跳上了新干线。虽然无论澄玲有没有急着赶回去，灾情都不会有任何改变，但她无法优哉游哉地继续坐在婚宴上，也无法面带笑容地鼓掌迎接新郎、新娘。

搭上新干线后，她拨打了健吾的电话，想要通知他自己在回家的路上，但都转到语音信箱。她又传了邮件给琉璃子，琉璃子也没有回复。

澄玲思考着起火的原因，不可能是自己的疏失，因为最后一次为窑点火是在一个月前。如果是因为当时点的火引起的，应该早就失火了。目前也没有听说鼻崎町发生了地震的消息，而且，刚才在电话中，听到了令人在意的叫声。

——有孩子！……有两个孩子！

那是三郎的声音，但听起来似乎很惊讶小孩子会在火灾现场。那两个孩子是久美香和彩也子吗？艺术村内没有小孩子，除了久美香和彩也子以外，澄玲也没有看过任何小孩子造访艺术村。她们一定是为了“克拉拉的翅膀”的事来找自己，但是，光稀知道自己不在家。难道两个孩子没有告诉大人，自行去了艺术村吗？

那两个孩子引发了火灾吗？不知道她们是否平安无恙。三郎大叫的时候，不知道那两个孩子是怎样的状态。虽然她很想向菜菜子或光稀确认，但考虑到最糟糕的情况，就不敢轻易拨打电话。

她决定等琉璃子或艺术村的其他人和自己联络，但她从新干线换了电车，在鼻崎町车站下了车，搭出租车到岬城，都没有接到任何人的联络。出租车司机语带兴奋地说，那里似乎发生了火灾，好像在谈论陌生的城镇发生的重大事件，完全没有顾虑到澄玲很可能是住在那里的居民。

——有没有人受伤？

问毫不相干的人最没有心理负担。

——刚才听到救护车的声音，听说好像有一个小孩受了伤。

不知道是哪一个孩子，受伤的情况又如何？如果出租车司机知道，一定会滔滔不绝地说个不停，所以澄玲没有继续追问。坐在出租车上的澄玲迟迟看不到对她而言的重要地方，忍不住觉得通往岬城的坡道竟然这么漫长。前方实施了交通管制，她在岬城最前面的菊乃家门口下了出租车。

手表上的时针指在距离午夜十二点只剩下五分钟的位置，菊乃家两层楼房子的所有灯都亮着，澄玲犹豫了一下，按响了门铃。虽然已经看不到火苗，但她没有勇气独自前往。

菊乃一看到澄玲，立刻露出快哭出来的表情，叫了纯先生之后，夫妻俩一起陪澄玲去她家，查看火灾后的情况。

石头造的工房墙壁虽然保留了超过八成，但已经烧得焦黑。如果周围的房子关上灯，就会隐入黑暗中。澄玲一只手拿着手电筒，小心翼翼地走过去向内张望，泪水立刻涌出眼眶。她觉得满地都是陶器的尸体。

她决定隔天早晨再去查看家的情况，当天晚上暂时住在纯先生和菊乃家。一走进菊乃家，她就立刻问健吾的下落，但纯先生和菊乃互看了一眼，然后都偏着头表示不知道。菊乃说，火灾发生时曾经看到他。当菊乃他们赶到现场时，健吾正试图用灭火器灭火。琉璃子和她的丈夫三鹤，还有三郎、班先生等艺术村内当时在家的人全都赶去救火了。

——可能因为发生了火灾，被叫去警察局了。

听到菊乃这么说，澄玲觉得很有道理。然后又问了小孩子的事。果然是久美香和彩也子。她们在熊熊大火中，从房子后方走了出来。幸好火势没有蔓延到家，两个孩子都没有烧伤，但可能吸入了烟雾，而且彩也子的脚受了伤，所以被救护车送去了医院。

菊乃和纯先生都不知道两个孩子为什么会在那里，但因为她们的父母很快就赶到了火灾现场，所以他们猜想两个孩子应该告诉了父母，她们有事要来这里，只是不知道澄玲不在家，而刚好被卷入了火灾。澄玲没有告诉他们，光稀知道自己不在家的事。

听他们说话的语气，得知两个女孩的伤势并没有原本担心的那么严重，不由得松了一口气。

虽然工房烧毁很痛心，但并没有失去一切。小梅不是说，要放弃刚建完的工房，去意大利重新出发吗？澄玲想着这些事，带着平静的心情陷入了沉睡。

这是她最后一次睡得安稳。

隔天早晨，澄玲从新闻报道中看到了工房燃烧的情况。荧屏的角落打着“观众提供影像”的小字，中途用特写镜头拍到了健吾一脸茫然的表情。

澄玲回到家中，在收拾陶器尸体的同时，参与了警方的现场勘验工作，但并没有看到健吾的身影，而且警方反而问澄玲是否知道健吾的下落。澄玲只能回答“不知道”。每次打健吾的电话，都只听到“已关机”或“目前收不到信号”的语音回应。

我不知道健吾去了哪里。

我不知道为什么久美香的轮椅会放在玄关。

我不知道火灾发生的原因。

我不知道如果是人为纵火，会是谁纵的火，也不知道他有什么动机。

日后才知道，因为健吾要为两个孩子画肖像画，所以把她们带回家，两个孩子并没有去工房。的确，工房已经有一段时间没有整理，轮椅几乎无法进入。既然这样，照理说菜菜子或光稀应该会和澄玲联络，但完全没有接到她们的任何联络。澄玲忍不住怀疑，她们是不是心有愧疚？

于是决定在整理完工房之后，再去找她们两个人。

没想到，半个月后，在圣诞节快到的时候，火灾变成了无足轻重的小事。因为在拆除烧毁的工房时，发现了一具已经变成白骨的尸体，而且查明那具尸体正是因为杀人嫌疑遭到全国通缉的通缉犯。媒体每天拥进岬城，岬城再度成为全国瞩目的焦点。

我不知道窑房的下面竟然埋着尸体。

我不认识这个姓芝田的杀人命案的嫌犯。

澄玲每天都重复着“不知道”，把这一辈子的“不知道”都说完了。

虽然那是健吾造的房子，但在周围人眼中，他们像夫妻一样生活在一起。当澄玲说不知道时，别人也不可能轻易相信。但是，澄玲不知道该如何证明自己真的不知道，她真的什么都不知道，几乎快要抓狂了。

但是，她并不是每问都必答“不知道”。当警方问她五年前，鼻崎岬发生命案的那一天，她在干什么时，她回答了当时任职的、离鼻崎町很遥远的公司名字。如果命案发生在假日，她可能还是会回答“不知道”。

她也在警察面前说了袒护健吾的话。她认为健吾应该不知道那里埋了尸体，只是她并没有把心里认为“既然这样，就不要消失无踪，大大方方出面说清楚就好”的想法说出来。只不过澄玲的袒护没有发挥任何作用，健吾被视为杀人命案的嫌犯，警方正在追查他的下落。

因为警方收到了一封信。

那是五年前，和在鼻崎岬遭到杀害的男人约定私奔的女人写的匿名信。澄玲无法直接看到信的内容，只是在被视为共犯接受警方问案时，警方告诉了她大致的内容，但对照事件当天晚上的情况，信的内容很合理。

那个女人结了婚，也有孩子，因为工作，巧遇了中学同学，两人陷入热恋，经常在充满往日回忆的鼻崎岬幽会。半年后，男人提议两个人共同生活，但因为双方都有家庭，只能瞒着家人私奔。他们在幽会时，男人曾经告诉她，他有金子等财产，所以不必为钱的问题担心。

在私奔的当天，女人在家一时走不开，晚了一个小时抵达约定的地点——鼻崎岬灯塔。她在通往岬角的散步道前方的停车场看到了男人的车子，知道男人还在等她，兴奋地沿着只有路灯隐约照亮的昏暗散步道快步走向灯塔。

没想到在岬角前端的灯塔附近，传来两个年轻男人激烈争执的声音。她躲进树丛内观察，从他们争执的内容中得知他们攻击了原本在这里等她的男人，她吓得魂不附体，不顾一切地沿着来路逃回了家中。

隔天早上，她从电视新闻中看到男人被人发现陈尸在刚整地完成的空地上，因为害怕被家人知道原本打算和别人私奔，所以没有勇气去报警。不久之后，她发现她看到的两个人中，有一个人遭到通缉。她认为是那个人动手杀了男人，一心祈祷着赶快抓到凶手，努力忘记这件事。

但是，不久之前，电视播报鼻崎岬的住宅区发生火灾的新闻时，她看到那天晚上目击的另一个男人出现在电视荧屏上。当天并没有太在意，但几天之后，得知在烧毁的房子中找到了通缉犯的尸体，于是激励自己，这次一定要鼓起勇气，所以写了这封信。

信的最后为自己五年前没有勇气检举道歉，同时还在信封中附了一块金子。私奔之前，男人给了她一块金子，她希望借此证明信中所写属实。

澄玲无法断定自己所掌握的事件相关消息是否都来自警方。在身心极度耗损的状态下，要将不得不接收的信息根据来源分类，并在脑袋中加以管理是不可能的事。也许有一半以上是在“花咖啡”的厨房后方听到的。

火灾发生之后，不可能一直住在纯先生和菊乃家中。澄玲在征得艺术村全体成员的同意后，住在“花咖啡”中。厨房后方有一个空房间，原本用来放咖啡豆和面粉等材料，大家帮忙把材料搬去了厨房，送来一张简易的床和收纳箱，在一天之内，就把那里变成了澄玲的居住空间。不知道之前的屋主是否也曾经住在这里，这里有盥洗室和淋浴室。

澄玲因为火灾失去了工房，大家都待她很亲切，让她感到很温暖。菊乃叫她不必在店里帮忙，但澄玲说，做事的时候不怎么胡思乱想，拜托她让自己帮忙。当她在咖啡店看店时，以商店街为中心的本地客人都会亲切地向她打招呼，或是送蔬菜和熟菜给她。

网站上也有来自全国各地的声援，只是数量并不是很多。也有人希望她可以重建工房，并重启“克拉拉的翅膀”的活动。之前捐款的团体也留言慰问，并希望她能够和经常捐款给该团体的足球选手进行对谈。

澄玲用同情的心思考健吾销声匿迹这件事。因为自己亲手打造的房子付之一炬，当然会很受打击。他很可能去哪里旅行，顺便画素描，疗愈受创的心。

为了让健吾振作，也必须赶快把家和工房整理好，现在正是自己报恩的时候。澄玲激励自己，通过商店街会长的人脉委托的建筑业者，同意破例在年底前拆除工房……没想到在那里发现了尸体。

澄玲连日接受侦讯，根本无法在咖啡店看店，但即使在咖啡店时，也不敢去店里。而且“花咖啡”和“花工房”不得不暂停营业。

艺术村的所有房子都是用健吾从被害人手上抢走的金子建造的，艺术村的居民也都是健吾的同伙，发挥掩饰的作用。

这个传闻不胫而走，于是店里拥进了很多想要看看罪犯同伙的恶劣客人。那些人根本不是被害人的家属，却对菊乃和纯先生等艺术村的成员破口大骂，或是到处说坏话，这已经变成了这个城镇的正义行为。他们的作品也在网络上遭到攻击，说是“罪犯的艺术”。

在直接遭受危害之前，还是能避则避，于是决定暂停营业。

澄玲内心对健吾充满了憎恨。他为了掩饰，才为澄玲建了工房，也因此把澄玲找来这里，对澄玲根本没有丝毫的感情，也不认同澄玲是艺术家。什么“伙伴”！自己也是受害者。澄玲觉得遭到健吾利用，还接受了警方侦讯的自己，才是最大的受害者，没想到竟然被视为罪犯的同伙。

她有很多问题想要质问健吾，把他骂得狗血淋头……希望听到他回答，其实不是这么一回事。无论如何，目前都必须先逃离这里。这时，她想起小梅之前说，正在找人接手她的工房，觉得自己可以在那里重新出发。

也许小梅并不乐意澄玲在目前这种状况下和她接触。澄玲稍微迟疑了一下，但又觉得现在多一个人指责自己也没什么好怕的。每多受一次伤，就会感到全身疼痛，但脑袋已经被疼痛麻痹，即使多增加一道伤，也难以辨别到底是哪里受了伤。

小梅温柔地接受了澄玲。她说她很担心，正打算联络澄玲，而且也相信澄玲的“不知道”。

澄玲正打算隔天整理行李时，琉璃子来看她。虽然琉璃子总是对澄玲说一些听了很不舒服的话，但每隔一天，就会在店里打烊之后，带着便当和面包来看澄玲。每次都连续一个小时喋喋不休地批评媒体，说本地人的坏话，吃掉一半自己带来的食物，然后才离开，但澄玲并没有感到不愉快，也曾经向她道谢。

“澄澄，我可不想看到你自杀。”

虽然琉璃子狗嘴里吐不出象牙，但她的眼神很温柔，所以澄玲觉得必须告诉她自己未来的打算。只要告诉琉璃子，其他人自然都会知道。

“琉璃子，谢谢你迄今为止的照顾。我打算离开这里，如果我离开，也许可以减少大家的困扰。我应该早点儿这么做，真的很对不起。”

琉璃子皱着眉头问澄玲：“你有地方可以去吗？你该不会在想一些奇怪的念头吧？”

即使自己是受害人，也必须一肩扛起因为健吾做的事，导致艺术村所受到的指责。这是澄玲充分思考后下的决定，而且才不会去自杀。为了让琉璃子安心，她露出满脸笑容说：“不，你不用担心，有朋友要把轻井泽的工房转让给我。”

琉璃子的表情更加凝重。澄玲继续说道：“你不是知道陶艺家小梅吗？她准备将生活重心移往意大利，正在找人接手工房。所以，你不必担心，代我向大家问好。我相信大家也会很快找到理想的地……”

“你够了没有！”

琉璃子用几乎响彻整条商店街的声音打断了澄玲，满脸涨得通红。澄玲以为她会打自己，忍不住用手摸着脸颊。琉璃子逼近澄玲，好像在说，真的要动手打她。

“你以为是谁造成了这一切？你只是在不知道同居人用什么方式张罗到的钱建造的房子里，做一些无聊的作品，所以可以自以为是被害人，赶快去寻找下一个乐园。但是，我们家，还有其他人都是放弃了一切，然后申请了贷款或是向家人借了钱，才在那里建造了房子，做好了和自己的作品一起殉情的心理准备来到这个城镇。”

“对不起……”

澄玲之前也在公司上班，当然知道造房子要花钱。健吾曾经在股票上市公司工作了七年，应该存了一点儿钱，而且并不像传闻中所说的那样，豪气地一口气支付了所有的钱。正因为他也申请了贷款，所以澄玲才会每个月都付他生活费。

但是，琉璃子根本不想再听澄玲解释。也许不该告诉她轻井泽的事。澄玲再度小声地说了声："对不起。"

"我无法原谅你，你赶快走吧。你离开这里，我们或许还有可能重整那个地方。我们绝对、绝对不会认输，要用自己的双手，把那里打造成日本最棒的艺术村，让人们听到鼻崎岬，不会想到是曾经发生命案的地方，而是会想起我们的作品……我们决定一起努力，也愿意相信你什么都不知道，所以决定召开誓师大会，让我来这里找你一起去参加。"

琉璃子说完，转身准备离开。澄玲对着她的背影，再度说了一声："对不起。"琉璃子停下脚步，转头看着澄玲努力挤出笑容的哭丧脸，对她撂下道别的话："你别再回来这个城镇！"

澄玲当天就逃离了鼻崎町，回到老家，躲在自己的房间。接到光稀的邮件，才想起还有来不及道别的人。不，她对于至今仍然没有向她们确认火灾当天的事感到后悔。不能在那个城镇留下遗憾。

自己想要知道到底发生了什么事。为了迈出下一步，她必须重回鼻崎町。

转过通往小丑西餐厅的缓坡转角时，一片辽阔的大海呈现在眼前。要把这片大海深深烙在脑海中，一辈子都不要忘记。

要把这片有着无数对翅膀和天际相连的蓝色大海铭记在心。

*

去约定的地点集合前，堂场菜菜子去了车站另一头国道旁的大型超市买了儿童球鞋。鼻崎乌托邦商店街上虽然也有鞋店，但都是不知道陈列了多少年的老旧款式，久美香应该都不会喜欢。之前经常因为久美香的鞋子太小而为她买鞋子，但只有在遥远的记忆中，曾经因为她的鞋尖或鞋底磨破而买鞋子。

难以相信久美香竟然能够再度走路。

那一天，发生绑架事件的那一天，修一说，久美香和彩也子可能被关在鼻崎岬的艺术村时，得知艺术村发生了火灾，菜菜子和相场夫妇一起赶往现场。结果并不是大家怀疑绑架了两个孩子的玻璃工艺师家失火，而是菜菜子也去过的星川澄玲和宫原健吾的家。准确地说，是澄玲的陶艺工房失火了。

菜菜子丢下慢吞吞的光稀，独自拨开围观的人群向前走，觉得好像听到了久美香的声音。“妈妈。”菜菜子听到了久美香向她求助的声音。她很想对周围吵闹的人群大叫：“闭嘴！”但现场一片混乱，不可能就这样安静下来。菜菜子聚精会神地竖起耳朵，努力细听任何微小的声音。于是，她再度听到了叫声。

声音似乎是从火焰的后方传来。

菜菜子拨开人群来到最前方，叫声比刚才更清晰了。菜菜子不顾一切地大喊着久美香的名字。光稀追上来后，也声嘶力竭地大叫着彩也子的名字。下一刹那，菜菜子看到了奇迹。

无论什么时候回想起那一幕，都会忍不住热泪盈眶。那正是菜菜子盼望已久的一幕。她甚至怀疑自己看错了，以为自己因为太担心久美香，所以看到了幻影。

久美香和彩也子牵着手，从火舌渐渐靠近的房子后方走了出来。久美香用自己的双脚走路，而且因为彩也子的脚受了伤，菜菜子觉得久美香的脚步比彩也子更加稳健。

一步，又一步。菜菜子既想要冲上去紧紧抱着她，又想要继续看着她一步一步走来的身影，于是继续站在原地，继续喊着久美香的名字。久美香，一步。久美香，又一步……

但是，身旁的彩也子皱着眉头向前跌倒了。相场夫妇冲上前去，菜菜子也跑向久美香，紧紧地抱住了她。

菜菜子觉得自己抱着久美香很久很久，好像时间都静止了，但实际应该不超过一分钟。艺术村有一个人叫着："有小孩子！"急救队员就冲了上来，把久美香和彩也子带去安全的地方，菜菜子和相场夫妇也跟了上去。

"彩也子，你没事吧？"

听到光稀的问话，菜菜子才想起两个孩子遭到绑架，但是，并不是只有菜菜子满脑子都想着久美香会走路的事。彩也子哭着紧紧抱住了光稀。久美香满面笑容地对菜菜子说："妈妈，我会走路了！"

听到这句话，菜菜子的眼泪好像溃堤般流了下来，这次她终于尽情地抱着久美香，不受任何人的干扰。

因为要在医院做检查，直到隔天早晨，菜菜子才和警方一起得知两个孩子到底发生了什么事。相场夫妇和彩也子一起来到堂场家，警方在店门口贴了"临时休息"的贴纸，拉上了窗帘，向两个孩子了解当时的情况。久美香在从医院回家的出租车上睡着了。彩也子回家之后，向光稀他们清楚地说明了当时的状况。光稀一大早就用电子邮件通知了菜菜子。

当警察问她们为什么会在那里时，光稀开口问：“要不要妈妈回答？”彩也子用镇定的语气回答：“不用了。”然后说明了放学之后的情况。

宫原健吾说想要画两个孩子，两个孩子欣然接受，和健吾约定了日期，放学后，坐了健吾的车子——准确地说，名义上是班先生的，但艺术村的人都可以自由使用的车子——去了健吾位于岬城的家。

警察问：“你们有没有告诉家里的人？”彩也子说，因为宫原健吾说，她们家里的人可能不会同意。彩也子一脸歉意地看着光稀。久美香也看着菜菜子。菜菜子知道这件事，慌忙告诉警方，因为之前健吾曾经希望她当模特，但被她拒绝了。

两个孩子在健吾家制作原本要在图书馆制作的绘本，健吾用素描画下她们的身影，但健吾中途说有事要去“花咖啡”一趟，希望她们继续在那里制作绘本，等他回来。她们就继续制作绘本，等健吾回来。

但是，健吾没有回来。她们很认真地制作绘本，忘了时间，而且那个房间没有时钟。看到窗外天色已经全黑了，想到已经过了菜菜子去图书馆接她们的时间，她们渐渐感到不安，但那天的天气不好，彩也子无法推着久美香的轮椅回家，无奈之下，只能继续在那里等健吾回来。

她们在等待时，闻到哪里飘来一阵焦味。她们所在的那个房间看不到工房，虽然从健吾口中得知澄玲今天不在家，但因为艺术村的每户人家都有工房，所以猜想是哪个工房正在生火。

不久之后，不知道是否窑破裂了，她们听到了好像爆炸般的巨大声响。彩也子去其他房间查看情况，才知道工房发生了火灾。由于刚才是健吾把久美香背到室内，所以轮椅放在玄关。彩也子背着久美香从离工房最远、位于房子后方的厨房后门走出屋外，但发现必须经过面向悬崖的岩石区，才能够走到屋前，于是只好躲在房子后方，祈祷火势不要蔓延过来。

然后，她们听到了消防车的声音。消防队开始救火，但没有人来救她们。岩石区只有几米的距离，彩也子再度背起久美香想要避难，脚却被岩石绊到，不小心扭伤了。火势已经逼近眼前，只能向外求救，她们一次又一次大声叫喊，听到了她们母亲的声音。

就在这时。

——彩也子，我们走吧。

久美香对彩也子说道，然后站了起来。彩也子见状，浑身充满了勇气，也忍着痛站了起来。于是，她们牵着手，走到两位母亲等待的屋前，顺利获救。

修一在晚上从菜菜子口中得知久美香终于能走路后，忍不住喜极而泣。在听到彩也子说久美香带给她勇气后，又忍不住啜泣起来。

当警察问“你们怎么知道两个孩子在宫原先生家”时，菜菜子回答了这个问题。

——两个孩子因为“克拉拉的翅膀”，和澄玲变成了好朋友，我们猜想她们可能不知道澄玲不在家。她们对活动结束感到很惋惜。

他们没有告诉警方恐吓信的事，因为光稀在早晨寄给菜菜子的电子邮件中这么提议。

“两个孩子似乎做梦都没有想到自己遭到了绑架，一旦公布事实，只会让她们受伤，所以要不要隐瞒恐吓信的事？而且，一旦她们成为绑架事件的被害人这件事公之于世，我相信对两个孩子并没有好处。”

菜菜子和修一决定接受这个提议，菜菜子尤其同意后半部分的内容。

虽然对澄玲和健吾而言是一场灾难，但久美香因为这场火灾可以走路了，所以对菜菜子来说，这是一桩喜事。

她无意追究是不是健吾寄了恐吓信，也不想去猜测他为什么这么做。健吾没问题吗？久美香和彩也子发自内心地为他感到担心，也问了好几次，甚至还问了警察。只要健吾有一丝恶意，两个敏感的孩子一定会感受到。菜菜子甚至觉得，如果没有发生火灾，健吾很可能在灯塔那里说，只是恶作剧一下，想确认一下他们家人的感情，所以才没有写具体的金额。

但是，两个星期后，传来了比火灾更可怕的消息。和发生火灾那天一样，对面鼻崎和果子店的老板娘来到店里，拼命眨着一对小眼睛告诉菜菜子，在拆除澄玲工房时，发现了一具已经变成白骨的尸体。

菜菜子在惊讶的同时，不知道为什么，想起了婆婆的脸，然后慌忙摇了摇头。

不平静的预感并没有成真，日后老板娘又告诉她，那具尸体是遭到通缉的芝田，同时，也告诉她健吾失踪了。

又过了几天，老板娘可能知道这天会聊得比较久，所以带来了店里的招牌商品最中饼上门，小声地问菜菜子，她看到警察上门了，是不是发生了什么事。而且告诉菜菜子，以商店街为主的居民都在传，五年前的命案和同时消失的菜菜子的婆婆是否有关系。老板娘之前和菜菜子的婆婆关系很好，所以有点儿气愤地告诉菜菜子，她否定了这种可能性。

也许有人向警方报了案。菜菜子想起曾在警方的要求下，和修一一起确认那封信是否为婆婆所写。

首先，笔迹很熟悉。虽然当时并没有发现婆婆的恋情，但看到信中附上的金子，就确信了一切。只是她对警方说，无法确定。修一也完全否认。他说，如果是母亲，一定会和自己这个独生子商量。他用和平时的他判若两人的强烈语气如此断言，想必是为了隐瞒自己手上也有金子这件事。即使他之前那么轻易地把金子的事告诉了相场夫妇。

婆婆身为老铺佛具店的老板娘，努力奉献了大半辈子，即使私奔的对象遭到杀害，仍然选择离家出走，在某个地方坚强地生活着……菜菜子猜想她手上应该有不少财产。

菜菜子想象，婆婆在逃离岬角时，去了停车场，从私奔对象的车子上搬了一些金子。因为对抛弃卧病在床的丈夫心生愧疚，所以也留下了金子给儿子和媳妇。

健吾应该发现有人偷走了金子。他会在岬城建房子，也许是为了掩埋芝田的尸体，但也可能是为了找到偷金子的人，把那些金子要回来。

然后，他怀疑偷金子的人可能和堂场家有关系，所以为了试探，才绑架了两个孩子。

健吾为什么会知道？菜菜子凭自己的想象，认为有一个可能，那就是怨念的编织花。菜菜子把婆婆传授给她的钩针编织花送给了澄玲，健吾之前可能看过这个图案。

婆婆用那些花朵织成了一条披巾。可能在和男人幽会时围了这条披巾，被健吾看到了。不，婆婆留在家里的东西中，并没有那条披巾，所以菜菜子一直以为她围着那条怨念披巾离家出走了。但也许是在命案发生的那天晚上遗失，然后被健吾捡到。

这种可能性似乎更加合情合理。果真如此的话，健吾会再回来找那些金子吗？菜菜子的脑海闪过一丝不安，但她更强烈地预感到，健吾不会再回这个城镇。

最好的证明就是这三个月期间，没有发生任何事威胁她的生活。

一切都结束了。菜菜子目前的生活充满幸福……照理说，应该如此。

只要久美香能够走路，自己就可以面对任何痛苦的考验。之前，她每天晚上对着不知道长什么样子的神明如此祈祷。她希望一家三口能够牵着手走路，只要一次就好。

她的愿望实现了。年底的那天晚上，一家三口穿上已经褪色的短褂，敲着梆子，放声高喊："小心火烛。"从商店街的这一头，走到了另一头。但是，这也是最后一次。自从久美香能够自己洗澡后，修一就开始晚归。当菜菜子不经意地问起这件事时，修一不悦地说，之前在公司受到特殊对待，如今需要用工作来偿还，但加班的辛苦完全没有体现在薪水上。

即使偶尔邀他去外面吃饭，修一也用很受不了的语气回答："目前宫原健吾还在逃亡，如果只有我们家忘乎所以地开心吃大餐，对澄玲很不好意思。"修一自己却和同事一起去聚餐，而且听到不少关于艺术村的八卦，在半夜大声告诉菜菜子。

即使这样，久美香也依然每天都很有精神地自己走路去上学。

自己对此感到幸福，但是，这种感觉能持续多久？小孩子自己走路去上学原本是理所当然的事。自己将一辈子守着这家不知道为谁而守的佛具店，人生中只有久美香能够走路这个幸福，然后让自己的年华渐渐老去吗？

菜菜子放慢了车速，转过了缓和上坡道的弯道。光稀的车子已经停在小丑西餐厅的停车场内，她看到光稀和澄玲笑着站在车外聊天。

光稀下个星期将离开这个城镇，他们一家三口将前往她丈夫被调任的越南。光稀笑着说，那里真的一无所有。她之所以能够笑着说这句话，一定是觉得国外至少比这种半吊子的乡下城镇好多了。

澄玲不知道什么时候离开了这个城镇。关于健吾，菜菜子想象他可能会用“如果那天没有发生火灾，久美香可能会遭遇可怕的事”来威胁自己；有时候也会担心他是不是躲在桥下感冒了……每天都会有不同的想象，但没有一天不想到他。说句心里话，她其实已经忘了澄玲。菜菜子听到有人指责澄玲是共犯，才终于想起了她。虽然很同情她，觉得她也许真的什么都不知道，但听说她已经接手知名陶艺家小梅在轻井泽的工房，顿时觉得自己白白同情她了。

开什么欢送会！菜菜子忍不住这么想。对自己来说，即使发生了命案，即使发现了尸体，自己也必须继续在这个城镇生活。

菜菜子从来不觉得自己出生、长大的地方是鲜花盛开的美丽地方，也不觉得从这里眺望的蓝色大海很美，更不觉得这里是温暖而适合居住的特别地方。只有外来人才会有这种感觉，但即使是这样，也不需要外来人告诉自己，这个城镇有多么美好。

大部分脚踏实地过日子的人都知道世界上根本没有理想国。只有把自己的不幸归咎于环境的人才会寻求理想国，寻找另一片新天地，就让那种人永远徘徊、永远寻找吧。

虽然菜菜子很看不起光稀和澄玲，但泪水还是忍不住夺眶而出。她把车子停在停车场最靠马路的位置，从皮包里拿出手帕按着眼睛。如果有人远远看到，会以为她在为两位朋友即将离去而感伤，她也希望别人这么以为。

菜菜子知道自己为什么流泪。因为她比任何人更渴望理想国。如果把这个想法告诉另外两个人，不知道她们会说什么。

菜菜子，你的背上也一定有翅膀。

菜菜子想象着，忍不住笑了笑。没错，自己的确有翅膀，婆婆为自己留下的黄金翅膀。

那天清晨，菜菜子最先发现了婆婆留下的金子。她把三块金子中的一块留在桌上，去叫修一起床。当初是因为不难想象修一一旦有了钱，就会乱花，但现在觉得内心深处，或许有想要寻求翅膀的想法。之所以会同意不告诉警方恐吓信的事，也许也是为了保护自己的金子。自己搞不好就是这种人。

她下了车，走向另外两个人。她自信可以笑着送她们离开。

不需要现在马上寻找理想国也没关系，也许可以等到久美香成年。健吾会不会出现在菜菜子面前，和她一起带着金子远走高飞？光是想象一下，就觉得心情很愉快。

从小到大都如此熟悉的这片大海原来这么美。

*

妈妈向久美香的妈妈和澄玲阿姨道别，说希望以后再见面，但是，我觉得妈妈和她们不会再见面了。虽然她们三个人曾经很好，但每个人心里都有不满，所以看起来不像是好朋友。

但是，我和久美香是好朋友，我们约定，以后一定要再见面。因为我们之间的关系牢不可破，所以，无论遇到任何事，我都不会说出我们之间的秘密。

久美香和我成为好朋友时，她已经能够自己走路了。

她为了改善爸爸和妈妈的感情，所以假装还不能走路。

但是，她对坐轮椅的生活已经感到疲累了，很烦恼要怎么说出她已经能够走路的真相。

她在商店街购物节发生火灾时，稍微走了一段路。

健吾说，他是画家，可以看到骨头，所以发现久美香已经会走路了。

健吾想了一个计划，可以假装从绑匪手中逃出来，让久美香的爸爸、妈妈看到她终于会走路了。

我们趁健吾出门去寄恐吓信时溜进了工房，因为我想让久美香看看，我学会怎么用火柴了。

我原本打算在搬家之前，把这本命名为“给神明的信”的日记本埋在鼻崎町的某个地方，但后来改变了主意。因为万一被人发现就惨了，所以还是留在身边藏好。

直到友情的象征——额头上的疤痕消失为止。